Mira Sol

Jagd im Untergrund

Außerdem in der Reihe Die drei !!! im Carlsen Verlag lieferbar:
Die drei !!! – Achtung, Spionage!
Die drei !!! – Die Maske der Königin
Die drei !!! – Filmstar in Gefahr
Die drei !!! – Gefahr im Fitness-Studio
Die drei !!! – Gefahr im Reitstall
Die drei !!! – Geheimnis der alten Villa
Die drei !!! – Geheimnis im Schnee
Die drei !!! – Im Bann des Flamenco
Die drei !!! – Im Bann des Tarots
Die drei !!! – Kuss-Alarm
Die drei !!! – Nixensommer
Die drei !!! – Skandal auf dem Laufsteg
Die drei !!! – Skandal im Café Lomo!
Die drei !!! – Tatort Geisterhaus / Skaterfieber
Die drei !!! – Tatort Paris
Die drei !!! – Unter Verdacht
Die drei !!! – Vorsicht, Strandhaie!

FOLGE UNS AUF INSTAGRAM!

Veröffentlicht im Carlsen Verlag
Dezember 2019
Mit freundlicher Genehmigung des Franckh-Kosmos Verlages
Copyright © 2010, 2013 Franckh-Kosmos Verlags-GmbH & Co. KG, Stuttgart
www.kosmos.de
Umschlagbild: Anike Hage
Umschlaggestaltung: formlabor
Corporate Design Taschenbuch: bell étage
ISBN 978-3-551-31848-0

Carlsen-Newsletter: Tolle Lesetipps kostenlos per E-Mail!
Unsere Bücher gibt es überall im Buchhandel und auf carlsen.de.

Jagd im Untergrund

Marie in Not	7
Aufregende Neuigkeiten	18
Schreie in der Nacht	27
Gefangen!	39
Ein neuer Fall?	46
Mitternachtsparty	56
Die Tür im Keller	64
Zeugenbefragung	75
Erschreckende Neuigkeiten	87
Treppe ins Nichts	96
Horrorfilm	103
Jagd im Untergrund	113
Der geheime Tunnel	127
Marie lächelt	136

Marie in Not

Marie sah sich verzweifelt in ihrem Zimmer um. »Ich verstehe das nicht, vor den Ferien waren sie noch da!« Sie kroch auf den Knien über den Boden und wühlte in den Kleider- und Schuhbergen, die sie in den letzten anderthalb Stunden dort angehäuft hatte. Obwohl der Deckenventilator auf höchster Leistungsstufe rotierte, war es drückend schwül im Raum. Es schien, als wolle der Sommer in den letzten Ferienwochen noch mal so richtig zeigen, was er konnte.

Kim und Franzi hatten es längst aufgegeben, Marie bei der Suche zu helfen. Träge lagen sie in den zwei riesigen Sitzsäcken vor dem Bett, tranken eisgekühlten Pfirsichtee und warteten darauf, dass ihre Freundin endlich fertig wurde.

»Der Fall der spurlos verschwundenen Sandalen«, raunte Franzi. »Werden die berühmten Detektivinnen Kim Jülich, Marie Grevenbroich und Franziska Winkler, besser bekannt unter dem Namen *Die drei !!!*, je das Rätsel lösen können?« Sie ignorierte Maries angesäuerten Blick und fuhr fort. »Ob Schmuggler, Räuber, Erpresser oder Betrüger. Kein Verbrecher ist vor ihnen sicher, kein Fall bleibt ungelöst. Schon über 20 gefährliche kriminalistische Vorfälle im In- und Ausland haben die drei aufklären können. Werden sie heute das erste Mal scheitern?« Kim kicherte. Besser, als Franzi es eben getan hatte, konnte man es nicht zusammenfassen. Der Detektivclub, den sie vor einiger Zeit gegründet hatten, war mittlerweile ein ausgesprochen erfolgreiches Unternehmen. Erst vor zwei Wochen hatten sie einen aufregenden Fall an der englischen Südküste gelöst. Eigentlich hatten sie dort nur einen Sprachkurs besuchen wollen. Aber schnell waren sie in merkwürdige Vorkommnisse auf der berühmten Pferderenn-bahn in Ascot verwickelt worden.

Es war klar, dass sie auch diesen schwierigen Fall mit Bravour lösen konnten.

Aber nach den Aufregungen der letzten Zeit wollte Kim jetzt nur noch ausspannen. Auf eine gestresste Marie hatte sie gar keine Lust. »Wo ist eigentlich das Problem?«, fragte sie daher und sah an sich herunter. »Man kann doch auch sehr schön Sneakers zum Rock kombinieren, oder?« Kim streckte ein braun gebranntes Bein vor. Zu ihrem weißen Jeansminirock trug sie ein froschgrünes Kapuzenshirt und nagelneue grün-weiße Turnschuhe.

»Du siehst ja auch total gut aus«, antwortete Marie. »Zu dir passt der *Casual-Style*. Aber ich habe für heute Abend den *Diven-Look* für mich gewählt. Und dazu brauche ich unbe-dingt meine silbernen Plateausandalen.«

»*Casual-Style*? *Diven-Look*?« Franzi schüttelte verständnislos den Kopf. »Vielleicht solltest du einfach dein Ich-bin-jetzt-endlich-fertig-Outfit nehmen?«

Marie warf ihr einen wütenden Blick zu. »So was kapierst du nicht.« Sie wühlte in dem großen weißen Kleiderschrank, der eine ganze Wand ihres Zimmers einnahm.

»Ich weiß wirklich nicht, warum Klamotten so wichtig sein sollen«, nuschelte Franzi, die sich gerade eine halbe Aprikose in den Mund gesteckt hatte.

»Ach, und warum trägst du dann heute deine besten Jeans und das neue Top aus England?«, zischte Marie.

Franzi hob eine Augenbraue. Sie ließ einen demonstrativ langen Blick über die Kleiderberge streifen. Dann sah sie Marie spöttisch an. »Wo wir schon beim Thema England sind: Kann es sein, dass das äußere Chaos hier dein inneres Chaos in Sachen Liebe abbildet? Dein Urlaubsflirt mit diesem Jo in Eastbourne hat dich wohl mehr aus der Bahn geworfen, als du zugeben willst.«

Marie starrte ihre Freundin an. »Bevor du dich mit den Liebesangelegenheiten anderer Leute beschäftigst, solltest du vielleicht erst mal bei dir aufräumen!«, schoss sie zurück.

Franzi lief rot an. Jetzt hatte Marie ihren wunden Punkt getroffen. Dass ihre Beziehung zu ihrem Freund oder, besser gesagt, Ex-Freund Benni mehr als ungeklärt war, war ihr schon länger bewusst. Für eine pure Freundschaft mit ihm war zu viel Eifersucht im Spiel und für eine feste Beziehung zu wenig Herzklopfen.

Kim mischte sich ein, bevor Marie und Franzi in einen handfesten Streit gerieten. »Stopp! Hört endlich auf, euch gegenseitig fertigzumachen!«

Seit Kim den Detektivclub gegründet hatte, lag es an ihr, zwischen ihren beiden so unterschiedlichen Freundinnen zu vermitteln. Ohne Kims Eingreifen hätte es sicher das ein oder andere Mal Tote gegeben. Aber, verschiedene Meinungen hin oder her: Wenn es brenzlig wurde, konnten sich die drei Detektivinnen immer hundertprozentig aufeinander verlassen. Das machte sie zu einem unschlagbaren Team, das jedem kriminalistischen Fall gewachsen war. Schade, dass es im normalen Alltag anders aussah!

»Wir haben noch fast drei Wochen Ferien und es ist ein

toller Sommerabend«, versuchte Kim ihre Freundinnen zu beschwichtigen. »In einer Stunde fängt die legendäre Dachterrassen-Party an. Maries Vater hat sie dieses Jahr extra nach hinten verschoben, damit wir drei auch dabei sein können. Lasst uns das alles doch einfach genießen! Außerdem kommt Kommissar Peters. Wir können ihm dann ganz ungezwungen von unserem letzten Fall berichten. Und vielleicht erfahren wir etwas über aktuelle kriminelle Vorkommnisse.«

Kommissar Peters war ein guter Freund von Maries Vater und hatte den drei Detektivinnen schon bei vielen ihrer kniffligen Fälle geholfen. Außerdem gab er ihnen immer wieder wertvolle Tipps für die Detektivarbeit.

Bei Kims Worten hellten sich die Mienen von Marie und Franzi schlagartig auf.

»Du hast recht!«, rief Marie. »Wir sollten gleich wieder ein neues Abenteuer an Land ziehen. Sonst kommen wir noch aus der Übung.«

Franzi grinste. »Genau. Wenigstens darin sind wir uns einig!«

Kim lächelte. Na also!

Marie hob ein paar Kleidungsstücke hoch, die sie vorhin auf den Schreibtisch geworfen hatte. Auch darunter waren die Schuhe natürlich nicht. Genervt feuerte sie eine Jeans zurück auf den Tisch und traf einen Stapel mit Büchern und Zeitschriften, der sofort ins Wanken geriet. Ein Mathebuch rutschte über die Tischkante und donnerte in den Papierkorb. »Da gehört es auch hin«, murmelte Marie. Sie fuhr ungerührt fort, ihr Zimmer in ein Schlachtfeld zu verwandeln. Kim nahm einen Keks aus der Schale, die sie auf dem Schoß hatte. »Noch eine Stunde mit dir im Klamottenchaos, und ich habe mir drei Kilo angefuttert!« Sie seufzte. Dann schob sie sich das Gebäckstück in den Mund und kaute genießerisch.

Franzi sah mit gespielter Verzweiflung zwischen ihren Freundinnen hin und her. »Hilfe! Die eine ist Süßigkeitenfanatikerin, die andere Modejunkie. Ich frage mich, wie wir in der letzten Zeit ein so erfolgreiches Detektivunternehmen aufbauen konnten.«

Marie schnappte sich einen Flipflop, der einsam in der Ecke lag. »Ganz einfach«, sagte sie lachend und zielte auf Franzi. »Die eine hat mittels geeigneter Nahrungsmittel ihre Nerven zu Drahtseilen mutieren lassen. Die andere konnte mit ihrer unglaublichen modischen Verwandlungsfähigkeit und ihrem Schauspieltalent gekonnt inkognito ermitteln.«

Marie wog den roten Plastikschuh in der Hand. »Und die Dritte im Bunde«, fuhr sie mit drohendem Unterton fort, »ist sehr sportlich und ziemlich gut im Rennen.«

Franzi ging kichernd hinter Kim in Deckung. Das Flipflop-Geschoss landete in der Keksschale.

»Hey, spinnt ihr jetzt total?«, rief Kim. Sie angelte den Schuh aus den Gebäcktrümmern und wollte ihn gerade auf Marie feuern, als es an der Tür klopfte.

»Jaha!«, rief Marie.

Ihr Vater steckte den Kopf herein. »Ich möchte nicht stören. Aber ich brauche noch Hilfe bei der Beleuchtung auf der Terrasse. Wenn ihr hier fertig seid, könntet ihr vielleicht die Pakete mit den Windlichtern rausbringen? Sie stehen im Flur.«

Franzi rappelte sich immer noch kichernd aus dem Sitzkissen

hoch. »Klar, ich komme sofort. Mir wird es hier eh zu gefährlich.« Sie sprang auf und folgte Herrn Grevenbroich.

»Ich komme auch«, beeilte sich Kim zu sagen. »Marie findet ihre Sachen bestimmt schneller, wenn wir sie nicht ab-
lenken.«

Von der Tür aus rief sie: »Barfuß ist übrigens auch eine
Alternative!«, und machte, dass sie wegkam, bevor Marie ein
neues Wurfgeschoss gefunden hatte.

Marie seufzte. Sie ging zu dem großen Wandspiegel mit der
Ballettstange und betrachtete sich nachdenklich. Das neue
dunkelblaue Neckholder-Kleid saß perfekt. Ihre langen blonden Haare hatte sie antoupiert und mit einem blau-silbernen
Seidenschal zurückgebunden. Die zartrosa glänzenden Lippen und der türkisfarbene Lidschatten ließen ihre blauen Augen geheimnisvoll leuchten. Kim hatte sie vorhin geschminkt
und wieder einmal bewiesen, dass sie einen untrüglichen In-
stinkt dafür besaß, die Ausstrahlung einer Person optimal zur
Geltung zu bringen. Es war schon lustig, dass ausgerechnet
ihre Detektivarbeit dazu geführt hatte, Kims verborgenes Talent ans Tageslicht zu bringen. Sie hatte sich vor einiger Zeit
als Kosmetikerin ausgeben müssen, um in einem Fall in der
Topmodel-Branche undercover ermitteln zu können. Dabei
war sogar ein italienischer Star-Visagist auf sie hereingefallen.
Marie musste lächeln.

Plötzlich bemerkte sie im Spiegelbild eine Reflexion hinter
sich. Sie drehte sich um. Die niedrig stehende Abendsonne
fiel durch die großen Fenster auf einen Gegenstand, der
unter einem der riesigen Bodenkissen silbrig hervorglänzte.
Marie sprang hin. Sie zerrte den Sitzsack zur Seite. Nicht zu

fassen! Die verzweifelt gesuchten Schuhe waren da! Sie hatten die ganze Zeit unter dem Sitzkissen gelegen, auf dem Kim es sich bequem gemacht hatte. Peinlich berührt stellte Marie fest, dass sich neben den Sandalen auch ihre Dietrichsammlung zum Knacken von Schlössern befand, die sie ebenfalls seit Wochen vermisste. In der letzten Zeit war ihr doch alles ein bisschen über den Kopf gewachsen: der Detektivclub, die Schule, die Gesangsstunden und der Schauspielunterricht, die regelmäßigen Aerobicstunden, ihre Freundinnen. Dann die Trennung von Holger und der nicht einfache Versuch, gute Freunde zu bleiben. Das alles hatte bereits viel Kraft gekostet. Marie schlüpfte in die Sandaletten mit den geflochtenen silbernen Lederstreifen. Und dann hatte sie vor drei Wochen auch noch Jo kennengelernt. Jo aus Hamburg. Er entsprach äußerlich so gar nicht Maries Bild von einem Traumtypen. Aber er war witzig und hatte ein gutes Selbstbewusstsein. Und seine Küsse waren so wunderbar, so federleicht gewesen …

Das Klingeln an der Haustür riss Marie aus ihren Gedanken. Sie schüttelte den Kopf, als könne sie damit all ihre Erinnerung an Jo wegschütteln, und warf einen letzten prüfenden Blick auf ihr Spiegelbild. Dann strich sich Marie energisch das Kleid glatt und lief in den Flur.

Ihr Vater hatte bereits die Tür geöffnet und begrüßte die ersten Gäste. Marie kannte den hochgewachsenen Mann und die zierliche rothaarige Frau neben ihm schon seit vielen Jahren. Helga Meister leitete ein kleines Theater in Berlin und war außerdem die Produzentin der erfolgreichen TV-Serie *Vorstadtwache*, in der Maries Vater die Hauptrolle des Kommissars Brockmeier spielte. Tom Ring schrieb die Drehbücher. Beide gehörten zum engsten Freundeskreis von Herrn Grevenbroich und waren bei fast allen Festen und Essenseinladungen anwesend.

Als Marie gerade auf die beiden zulaufen wollte, erschien in der noch offen stehenden Tür ein riesiges Paket.

»Achtung! Gefährliche eiskalte Fracht!«, ertönte es dahinter. Marie zuckte zusammen. Diese Stimme kannte sie doch!

Die drei Erwachsenen machten dem großen Styroporkasten auf zwei Beinen lachend Platz.

»Hallo, hereinspaziert! Klasse, vielen Dank, dass du das Dessert abgeholt hast!«, empfing Herr Grevenbroich seinen verborgenen Gast. »Marie, zeigst du unserem Eistortenlieferanten bitte, wo der Kühlschrank ist?«

Lachend verschwand Maries Vater mit Helga und Tom in Richtung Terrasse. »Wir sehen uns gleich, Adrian, ja? Helga hat dir etwas Wichtiges zu sagen!«, rief er noch und winkte fröhlich.

Adrian nickte, wobei das Paket in seinen Armen bedrohlich zu schwanken anfing.

»Hi, Marie«, sagte er dann. »Das Ding ist ziemlich schwer, hilfst du mir mal?«

Marie packte mit an. »Jetzt kannst du es ein Stück runterlassen. Wir tragen es am besten zu zweit in die Küche.«

Der Kasten wurde gesenkt. Dahinter erschien ein lächelndes Gesicht, in das vorwitzig eine dunkelbraune Haarsträhne fiel. Ein Paar goldbraune Augen blitzten Marie schelmisch an. »Schon länger nicht mehr gesehen! Du bist ziemlich viel auf Achse, was?«

»Hallo, Adrian, nette Überraschung«, hörte Marie sich mit belegter Stimme sagen. »Ja, ich war ein paar Wochen weg.« Sie spürte, wie ihre Wangen heiß wurden. Was war denn jetzt bloß los?

Adrian wohnte in der WG im Stockwerk unter der Penthousewohnung von Marie und ihrem Vater. Ihr erstes Kennenlernen hatte nicht gerade unter einem günstigen Stern gestanden. Dann aber war eine schöne Freundschaft zwischen ihnen entstanden. Zwischendurch hatte Marie sich sogar vorgestellt, dass Adrian mehr als ein guter Freund sein könnte. Auch wenn er mit seinen 18 Jahren eigentlich viel zu alt für sie war. Dann aber war Jo in ihr Leben getreten und Adrian vergessen. Hatte sie bis eben gedacht. Verwirrt nahm Marie wahr, wie ihr Herz schneller zu pochen begann.

Sie wuchteten ihre Last auf den Küchentisch. Marie öffnete den großen Kühlschrank. Adrian nahm die dreistöckige Eistorte vorsichtig aus dem Karton und reichte sie ihr.

Während sie die Torte verstaute, rotierten Maries Gedanken. So hatte sie sich das Wiedersehen mit Adrian nicht vorgestellt. Es war ihr natürlich klar gewesen, dass er auf der Party eingeladen sein würde. Ihr Vater mochte den talentierten Schauspielschüler sehr. Aber sie hatte damit gerechnet, dass er später erscheinen würde. Sie hatte davon geträumt, dass sie ihm von Weitem zuwinken und dann ganz cool durch die Menge der Partygäste schlendern würde, um ihm einen Begrüßungsdrink zu bringen. Warum konnte es im richtigen Leben nie so zugehen wie in ihren Träumen?

»Ähm«, machte Adrian, »ich glaube, du kannst den Kühlschrank jetzt zumachen.«

Marie zuckte zusammen. Schnell schlug sie die Tür zu.

Es rumpelte. Aber sie wollte jetzt lieber nicht wissen, welcher Gegenstand im Innern des Kühlschranks der Eistorte womöglich den Garaus gemacht hatte.

»Hast du vielleicht ein Glas Wasser für mich?«, fragte Adrian. »Ich habe eine total ausgetrocknete Kehle vom Sprechtraining.«

Marie hätte sich vor Ärger in den Hintern beißen können. Was war nur los mit ihr? Sie benahm sich ja wie der letzte Idiot. »Möchtest du vielleicht einen Eistee?«, beeilte sie sich zu sagen. »Ach, entschuldige, den haben Kim und Franzi vorhin alle gemacht. Aber es gibt auch Fola und Canta, ich meine Cola und Fanta, oder lieber eine Bio-Limonade oder ein Bier?«

Marie schlug sich die Hand vor den Mund. Wenn das so weiterging, würde Adrian sie bald nicht nur für zu jung, sondern obendrein für komplett unzurechnungsfähig halten.

Adrian grinste. »Ich nehme gerne eine Limonade. Habt ihr Ingwer-Orange?«

»Klar. Die mag ich auch am liebsten.« Marie öffnete den zweiten Kühlschrank, in dem sie die Getränke aufbewahrten, und studierte aufmerksam den Inhalt. Sie war unendlich dankbar für die Gelegenheit, ihr bestimmt tomatenrotes Gesicht verbergen zu können. Während sie die Limonadenflaschen suchte, atmete sie möglichst unauffällig tief ein und aus. Ihr Puls kam langsam wieder auf eine niedrigere Frequenz. Okay, ein zweiter Versuch. Adrian und sie würden sich jetzt gleich zuprosten, vielleicht auch tief in die Augen schauen …

»Hier bist du!«, ertönte eine laute Stimme.

Marie fuhr wie vom Blitz getroffen herum. Die Flasche, die sie gerade aus dem Fach genommen hatte, rutschte ihr aus der Hand. Adrian fing sie knapp über dem Boden auf. »Vielen Dank für den Drink!« Er betrachtete Marie nachdenklich. »Am besten sagst du mir einfach, wo der Flaschenöffner ist. Ich mache die Flasche gerne selber auf.«

Kim stand in der Küche und sah Marie erstaunt an. »Entschuldige, ich wollte dich nicht erschrecken! Hallo, Adrian! Kommt ihr beiden jetzt auch auf die Terrasse? Es gibt ein Wahnsinns-Büffet.«

Adrian nickte. »Hi, Kim! Dann lasst uns mal rausgehen.«

»Geht schon mal vor«, murmelte Marie. »Ich hole nur noch ein paar Gläser.«

Adrian zwinkerte ihr von der Tür aus zu. »Aber immer schön vorsichtig sein, ja?«

Aufregende Neuigkeiten

Flackernder Kerzenschein tauchte die Dachterrasse in ein geheimnisvolles Licht und ließ helle Punkte über den Holzboden tanzen. Eine leichte Brise kam auf, die wohltuende Kühlung nach diesem ausgesprochen heißen Spätsommertag brachte. Leise Jazzmusik untermalte die lebhaften Gespräche und das Lachen der Gäste. Die Party war in vollem Gang!

Kim, Franzi und Marie standen mit Kommissar Peters an der Bar. Er nahm einen Schluck aus seinem Champagnerglas. »Sagt bloß, ihr seid schon am nächsten Fall dran?«, fragte er.

Franzi musste grinsen. Eigentlich hatten *sie* den Kommissar fragen wollen, ob es neue kriminelle Geschehnisse gab, bei denen die Polizei Hilfe von den erfolgreichen Detektivinnen brauchte.

»Nichts in Sicht.« Marie zuckte mit den Schultern. »Aber wir sind ja auch erst seit einer Woche wieder zu Hause.«

»Ehrlich gesagt bin ich ziemlich froh, dass ihr Mädchen nicht schon wieder in einem neuen Abenteuer steckt.« Peters sah ernst in die Runde. »Ihr habt einen außergewöhnlich guten kriminalistischen Spürsinn. Aber ihr seid noch Kinder ...«

Marie hob empört die Augenbrauen. »Mach bitte nicht so ein entsetztes Gesicht«, fuhr der Kommissar fort. »Ich möchte nicht, dass euch irgendwann einmal etwas zustößt. Der Job, den ihr macht, ist gefährlich. Sehr gefährlich sogar!«

Plötzlich ertönte die Serienmelodie der *Vorstadtwache*. Marie nahm irritiert wahr, dass Kommissar Peters in die Tasche seiner Lederjacke griff und sein Handy hervorholte. Marie musste sich ein Grinsen verkneifen.

»Verdammt, ich muss sofort ins Präsidium. Dass man nicht mal an einem Samstagabend in Ruhe feiern kann!« Kommissar Peters klappte genervt das Handy zu. »Ich muss mich leider verabschieden.« Er stellte das halb volle Glas auf den Tresen. »Marie, sag deinem Vater bitte einen lieben Gruß. Und ihr drei: keine waghalsigen Manöver mehr, okay? Wenn es brenzlig wird, lasst ihr die Finger davon und gebt mir rechtzeitig Bescheid!«

Die drei !!! nickten. »Ja, klar, wie immer!«, sagte Kim.

»Nein, eben nicht wie immer. Darum geht es mir doch!« Der Kommissar schüttelte den Kopf und schob sich durch die Gäste in Richtung Terrassentür.

»Ha«, stieß Franzi hervor, »der soll sich nicht so anstellen. Und die Bemerkung, dass wir noch Kinder sind, werden wir beim nächsten Treffen wohl mit ihm ausdiskutieren, oder, Mädels?«

»Aber sicher doch!« Kim nickte heftig.

Marie zeigte keine Reaktion.

»He, was ist denn mit dir los?«, rief Franzi und wedelte mit der Hand vor Maries Gesicht herum. »Erde an Marie! Jemand da?«

Marie blinzelte, aber ihre Augen waren glasig, und sie starrte unentwegt weiter in eine bestimmte Richtung. Sie hatte Adrian entdeckt. Dahinten saß er mit Helga Meister am Pool und ließ die Beine ins Wasser baumeln. Sein Haar, das er seit einiger Zeit kürzer trug, stand übermütig vom Kopf ab und das Licht der Fackeln betonte den dunklen Bartschatten an seinem Kinn. Maries Herz klopfte. Im selben Moment sah Adrian zu ihr rüber. Er winkte und bedeutete ihr zu ihm zu kommen!

»Entschuldigt, ich gehe eben mal zu Helga und … Adrian«, hauchte Marie und setzte sich traumwandlerisch in Bewegung. Sie bemerkte nicht, dass sie mitten durch die überfüllte Tanzfläche lief und nur haarscharf dem Zusammenstoß mit einem eng umschlungen tanzenden Paar entging.

»Oh Mann. Ich glaube, Hamburg hat verloren«, raunte Franzi. Kim und sie sahen sich nachdenklich an.

»Marie, Marie, das ist der Hammer«, empfing Adrian sie mit geröteten Wangen. »Setz dich zu uns, und hör dir das an.«

Er rückte zur Seite und klopfte auf das Bodenkissen neben sich. »Es gibt großartige Neuigkeiten. Helga hat uns zum *Sommerfestival Junge Bühne* in Berlin eingeladen!«

Marie setzte sich und sah verwirrt zwischen Helga und Adrian hin und her. Adrian strich sich eine Haarsträhne aus dem Gesicht. Marie stellte fest, dass er nicht nur wunderschöne Augen, sondern auch außergewöhnlich schöne Hände hatte.

»Junge Bühne? Aha, interessant«, sagte sie, konnte aber ihre Enttäuschung kaum verbergen. Adrian wollte gar keinen Drink am Pool mit ihr nehmen. Er wollte ihr nur seine Begeisterung über irgendein Festival mitteilen.

»Das *Sommerfestival Junge Bühne*, das in Helgas Theater in Berlin stattfindet«, sprudelte es aus Adrian hervor, »ist *das* Ereignis für alle Nachwuchsschauspieler. Jedes Jahr treffen sich dort in der Sommerpause junge Theatergruppen aus ganz Deutschland. Es gibt Workshops bei bekannten Regisseuren und jede Truppe bringt ein Stück zur Aufführung. Am

Schluss wählt eine Jury die mit der besten Bühnenpräsenz aus. Das ist eine ganz große Sache, 1a, *die* Chance! Und wir können dabei sein, weil eine Gruppe kurzfristig wegen zwei erkrankten Schauspielern absagen musste und Helga Ersatz sucht! Dein Vater hat ihr vorgeschlagen, doch einfach uns zu nehmen. Was sagst du jetzt?«

»Wir?«, stammelte Marie. »Heißt das, du meinst …«

Adrian lächelte, als er Maries verdutztes Gesicht sah.

»Na klar! Wir geben den Sartre-Einakter. Wenn ich mich recht erinnere, hast du eine Rolle in dem Stück! Deinen Vater haben wir auch schon gefragt, und er ist damit einverstanden, dass du mitkommst.« Adrian grinste über das ganze Gesicht. »Hast du jetzt verstanden?«

Marie strahlte. Sie hatte vor einiger Zeit eine Nebenrolle in dem Theaterstück *Geschlossene Gesellschaft* gespielt, das Adrians Schauspielschülerjahrgang in ihrer Stadt im *Theater im Hinterhof* aufgeführt hatte. Damals war sie total eifersüchtig auf Adrians Bühnenpartnerin gewesen, die auch in seiner WG wohnte. Mittlerweile verstand sie sich aber auch mit Lola ganz gut. Vor allem, seit sie wusste, dass diese mit Erik, dem dritten Mitbewohner in Adrians WG, zusammen war. Und nun sollte sie mit der Truppe nach Berlin zu einem Festival fahren. Ein Traum!

»Es geht schon am Dienstag in einer Woche los«, erklärte Helga. »Das ist für euch natürlich ein bisschen kurzfristig.«

Adrian nickte. »Ich werde gleich morgen Walter, unseren Regisseur, und die anderen Schauspieler informieren. Sandra, Theo und Nicki sind da, Lola ebenfalls. Aber Sven und Sasha, die die Technik und die Kostüme betreut haben, machen Urlaub in Spanien. Sie kommen erst in vier Wochen zurück. Da brauchen wir schnell Ersatz. Das wird nicht leicht.«

Marie fing auf einmal an zu grinsen. »Also, da hätte ich vielleicht eine Lösung!«

Alle sahen sie gespannt an.

»Wartet einen Moment!«

Fünf Minuten später erschien Marie mit Franzi und Kim im Schlepptau am Pool. Ihr Vater hatte sich in der Zwischenzeit wieder zu Helga und Adrian gesellt.

»Hallo, Prinzessin«, begrüßte er seine Tochter und tauchte genüsslich den Löffel in sein Dessertschälchen. »Hm, also diese Eistorte. Sehr lecker. Auch wenn ich vorhin die oberste Schicht abtragen musste, weil ein Glas mit sauren Gurken drauflag.«

Marie ignorierte den amüsierten Blick ihres Vaters. Es gab jetzt Wichtigeres, als Small Talk über zu enge Kühlschränke zu führen.

»Darf ich vorstellen«, rief sie. »Tataa! Kim alias *Kimberley* – erfahrene Kosmetikerin und Kostümbildnerin. Und Franzi, auch *Franka* genannt, das sportliche Multitalent, das jeden Scheinwerfer dorthin bringt, wo er hinsoll.«

Marie spielte mit den falschen Namen auf den allen bekannten Fall im Topmodel-Haus an. Herr Grevenbroich lachte los und verschluckte sich an einer Erdbeere. Marie klopfte ihm auf den Rücken. Während er vor sich hin hustete, sah Adrian ein wenig verständnislos drein und Helga schien nachzudenken. Kim und Franzi waren ganz aufgeregt.

»Es war Maries Idee, und wir finden sie super«, setzte Kim an, und Franzi ergänzte: »Wir würden wirklich sehr gerne mit nach Berlin kommen. Es ist ja noch eine ganze Woche Zeit. Wir können uns noch intensiv in die Materie einarbeiten!«

»Also, ich weiß nicht.« Adrian zog die Stirn in Falten. »Ihr beiden habt doch nicht wirklich Erfahrung mit dem Theater. Und gerade die Backstage-Crew muss ordentlich eingespielt sein. Da darf nichts schiefgehen. Die Schauspieler müssen sich voll auf ihren Job konzentrieren können, ohne ständig zu befürchten, dass ihnen ein Scheinwerfer auf den Kopf fällt oder das falsche Kostüm parat liegt.«

»Wie du weißt, sind wir Detektivinnen«, antwortete Marie ernst. »Wir sind es gewohnt, uns auf neue Situationen einzustellen und blitzschnell zu handeln.«

Ihre beiden Freundinnen nickten heftig.

»Kim und Franzi haben schon ganz andere Fälle gemeistert!«, fügte Marie noch hinzu.

Helga sah die Mädchen an. »Also, ihr drei scheint wirklich ziemlich clever zu sein.« Sie wandte sich an Adrian: »Ich finde die Idee gut. Nehmt Kim und Franzi doch mit!«

Als Herr Grevenbroich zustimmend brummte, war auch Adrian endlich überzeugt.

»Dann fehlt wohl nur noch die Erlaubnis unserer Eltern, was?«, sagte Kim und seufzte.

Franzi zuckte zusammen.

Marie wusste sofort, um was es ging. Sie blinzelte ihrem Vater zu. »Papa spricht mit ihnen. Dann werden sie nichts dagegen haben. Und die Teilnahmegebühr«, Marie wandte sich an Helga, »kriegen wir wohl auch irgendwie zusammen. Was kostet das Ganze denn?«

Helga lächelte. »Ich glaube, für so junge, so begeisterte Nachwuchsschauspieler und Bühnentechniker haben wir einen extra Sonderpreis. Den bespreche ich am besten mit Helmut, oder?«

Herr Grevenbroich nickte. »Daran soll es nicht scheitern.«

»Danke, Papa!« Marie fiel ihrem Vater überglücklich um den Hals. Dann sah sie Kim und Franzi an, die beide um die Wette strahlten. »Auch ohne aktuellen Fall – ich finde, es ist Zeit für unseren Powerspruch«, flüsterte sie.

Die drei Freundinnen legten die Hände übereinander und sagten im Chor: »Die drei !!!.« »Eins!«, raunte Marie, »Zwei!«, murmelte Kim, »Drei!«, sagte Franzi.

Dann hoben sie gleichzeitig die Hände und riefen unter den überraschten Blicken der Umstehenden: »POWER! Berlin, wir kommen!!!«

Detektivtagebuch von Kim Jülich
Sonntag, 15:15 Uhr
Wir machen Pause! Hiermit erkläre ich den Detektivclub Die drei !!! *bis zum Ende der Sommerferien für geschlossen. Auch wenn wir nach Berlin fahren, die Stadt, in der mein Lieblingskinderkrimi* Emil und die Detektive *spielt – die drei Detektivinnen werden nächste Woche keine Verbrecher jagen, keine Spuren suchen und keine Fingerabdrücke nehmen!*
Wir werden Theater spielen, Scheinwerfer herumschleppen und Berlin unsicher machen! Jippijee!

Geheimes Tagebuch von Kim Jülich
Sonntag, 15:25 Uhr

Achtung! Lesen für alle Unbefugten, besonders für Ben und Lukas, die absolut nervigsten Brüder, die es im Kosmos gibt, verboten!!! Es gibt kein Entrinnen! Ich enttarne gnadenlos jeden heimlichen Leser mittels seines digitalen Fingerabdrucks! Und dann: ab ins Nirwana.
Sayonara, Tagebuchspion!

Marie ist ein echtes Phänomen. Sie liebt es zu flirten und verdreht den Jungs reihenweise den Kopf. Aber sobald sich einer ernsthaft für sie interessiert, wird er für sie langweilig. Den armen Jo aus Hamburg scheint sie schon fast vergessen zu haben. Dabei schreibt er ihr so süße Postkarten! Aber das ist ihr viel zu altmodisch. Sie findet, dass Postkarten was für Omas und Opas beim Kuraufenthalt sind.

So, wie Marie sich gestern auf der Party aufgeführt hat, gibt es einen neuen (alten) Schwarm in ihrem Leben: Adrian. Er ist ja nett. Aber doch viel zu alt für Marie! Hoffentlich verrennt sie sich nicht wieder, wie damals bei Franzis Bruder Stefan …

Es ist jammerschade, dass Marie nicht mehr mit Holger zusammen ist. Die beiden haben perfekt zueinander gepasst. Aber 25 Kilometer Entfernung verkraftet wohl die beste Beziehung nicht.

Ich bin so froh, dass Michi und ich keine Fernbeziehung führen müssen. Obwohl wir uns in der letzten Zeit auch nicht so oft sehen konnten. Und jetzt fahre ich schon wieder ohne ihn weg. Ich hatte so gehofft, dass er wenigstens für zwei Tage mitkommen kann. Aber er hat mir vorhin am Telefon erzählt, dass sein Vater ihn dringend im Elektroladen braucht. Jetzt muss er zusätzlich zu dem Job in Luigis Eisdiele abends noch bei seinem Vater aushelfen.

Michi ist so süß! Er versteht es total, dass ich einfach mit Marie und Franzi nach Berlin fahren muss. Aber sobald ich zurück bin, wollen wir ganz viel Zeit miteinander verbringen und lange miteinander reden. Es darf einfach keine weiteren Missverständnisse zwischen uns mehr geben. Neulich war ich tatsächlich wegen einer Siebenjährigen eifersüchtig, mit der Michi ins Kino gegangen ist. Und Michi wegen eines bestimmt bald 70-jährigen Engländers. Das ist ja lächerlich! Offensichtlich sehen wir uns so selten, dass das Vertrauen darunter leidet. Und das darf so nicht weitergehen. Denn Michi ist und bleibt die Liebe meines Lebens! Oh Michi! Weißt du, wie sehr ich dich liebe?!?!

Das Telefon hat geklingelt! Das muss Maries Vater sein, der meinen Eltern die Sache mit Berlin erklären will. Papa hat bestimmt nichts dagegen.

Ich drücke ganz fest die Daumen, dass sich auch Mama von Herrn Grevenbroich überzeugen lässt und nicht doch noch Nein zu Berlin sagt!

Schreie in der Nacht

»Meine Mutter hat einfach Nein gesagt!«, rief Kim und steckte sich fünf Gummibärchen auf einmal in den Mund.

Marie griff ebenfalls in die Tüte. Sie fischte sich ein grünes Bärchen heraus. Kauend fragte sie: »Und, wie haben Ben und Lukas reagiert?«

Krim grinste. »Sie haben ein riesiges Protestgeschrei losgelassen, als Mama ihnen sagte, dass sie nicht mitkommen dürfen. Aber meine Eltern haben sich überhaupt nicht beeindrucken lassen. Mama meinte, dass es beim letzten Mal, als sie mich alleine zum Zug gebracht hat, viel entspannter war. Also ist Papa bei den Zwillingen geblieben und meine Mutter ist mit mir zum Bahnhof gefahren.«

»Mit deinen Brüdern bist du schon ganz schön geschlagen«, sagte Franzi. Sie selbst kam mit ihren Geschwistern zum Glück meistens gut klar. Ihr älterer Bruder Stefan war sogar richtig nett. Er kutschierte die drei !!! öfters mit seinem alten Opel herum. Und ihre 16-jährige Schwester Chrissie war zwar ziemlich zickig, aber sie begleitete sie garantiert nicht zur Verabschiedung auf Flughäfen und Bahnhöfe und benahm sich dabei total daneben. Im Gegensatz zu Ben und Lukas.

»Ihr legendäres ›Tschüss, Planschkuh‹ haben sie mir dieses Mal vom Gartentor aus nachrufen müssen«, knurrte Kim und knüllte energisch die leere Gummibärchentüte zusammen.

Marie nickte mitfühlend. Als Einzelkind, fand sie, hatte sie es entschieden leichter als ihre beiden Freundinnen. Das Einzige, was sie unendlich vermisste, war ihre Mutter. Sie war gestorben, als Marie noch ganz klein war. Aber dafür las ihr Vater ihr jeden Wunsch von den Augen ab und ließ ihr viele Freiheiten.

»Dein Vater ist absolute Oberklasse!«, rief Franzi, als könne sie Maries Gedanken lesen. »Einfach genial, dass er Kims und meine Eltern überzeugt hat. Ohne ihn wären wir jetzt nicht hier, auf dem Weg zum Festival!« Sie kuschelte sich gemütlich in den Sitz und sah aus dem Fenster des ICEs.

Kim holte einen Krimi aus ihrem Rucksack. »Das war wirklich genial von deinem Vater, Marie!«, murmelte sie. »Und jetzt genieße ich es, endlich mal Zeit zum Lesen zu haben.« Schon war Kim in ihr Buch vertieft.

Nur Marie rutschte unruhig hin und her. Eigentlich wäre sie die Strecke nach Berlin lieber im Auto mit Adrian gefahren. Aber in dem klapprigen Kombi war neben den Schauspielern, dem Regisseur und dem Bühnenmaterial nur noch Platz für eine Person übrig. Und dass Kim und Franzi alleine im Zug fuhren, wollte sie dann doch nicht. Immerhin kamen ihre Freundinnen ihr zuliebe mit! Sie hatten sich volle drei Tage in einem Crashkurs bei Adrian in Bühnentechnik und Kostümverwaltung eingearbeitet. Und Kim musste wieder einmal ohne ihren Freund Michi verreisen. Es gab wohl keinen verständnisvolleren Jungen als ihn. Kim hatte es wirklich gut. Die beiden waren jetzt schon ziemlich lange zusammen. Ein echtes Traumpaar!

Marie schloss die Augen und lehnte sich in das weiche Polster zurück. Kurz erschien Jos Gesicht. Dann sah sie Holgers liebe

Augen. Aber sofort legte sich Adrians Bild darüber. Heute Abend schon würde sie ihn treffen. Was für ein Glück, das alles so toll geklappt hatte. Die Sterne schienen günstig gestanden zu haben: Alle Schauspieler und sogar der Regisseur von Adrians Schauspieljahrgang konnten der kurzfristigen Einladung zum Festival folgen. Und nun würden sie eine ganze Woche zusammen proben und Spaß haben!

Marie seufzte. Adrian und sie: Wie standen ihre Sterne? Waren sie beide vielleicht auch schon bald ein Paar?

»Herzlich willkommen in Berlin!«, rief Helga gegen den Lärm in der Bahnhofshalle an. Marie fiel ihr um den Hals und Kim und Franzi gaben ihr die Hand.

»Es ist sehr nett, dass du uns abholst«, bedankte sich Marie. Helga winkte ab. »Das mache ich doch gerne! Und ich musste, ehrlich gesagt, deinem Vater versprechen, dass ich mich ein bisschen um euch kümmere.«

Marie verdrehte die Augen.

»Da ich allerdings recht eingespannt bin, werde ich das gar nicht machen können.«

Marie nickte zufrieden.

»Und deswegen habe ich jemanden beauftragt.«

Marie schüttelte entsetzt den Kopf.

»Adrian hat versprochen, immer für euch da zu sein.«

Marie nickte wie wild und strahlte vor Glück.

»Schön. Wenn das jetzt geklärt ist, können wir ja vielleicht losgehen«, schaltete sich Franzi ein. »Bevor Marie noch ein Schütteltrauma kriegt.«

Marie streckte ihr die Zunge raus.

29

»Kannst du eigentlich überhaupt noch sprechen?«, fragte Franzi belustigt.

Marie schüttelte langsam den Kopf.

Dann stürzte sie sich mit einem markerschütternden Schrei auf Franzi und begann, sie durchzukitzeln. Franzi kicherte hysterisch und wehrte sich nach Leibeskräften. Kim verzog das Gesicht. Manchmal waren ihre Freundinnen wirklich oberkindisch!

»Jetzt aber schnell zum Auto«, unterbrach Helga die beiden lachend. Marie ließ von Franzi ab. »Okay, Frieden?« Grinsend hielt sie ihrer Freundin die Hand hin. Franzi schlug ein.

»Mal sehen, wie lange das anhält«, murmelte Kim genervt.

Helga klimperte mit dem Autoschlüssel. »Ich stehe im Halteverbot«, sagte sie. »Wir sollten jetzt wirklich los. Habt ihr euer Gepäck?«

Die drei folgten der Theaterchefin durch den hellen, freundlichen Bahnhof, durch dessen riesige Glaskuppel das Licht flutete.

»Das ist ja der Wahnsinn hier. Total futuristisch«, rief Kim begeistert. Marie stimmte ihr zu. Schon in dem Glasaufzug, mit dem sie von der Ebene der Gleise hinauf in die Halle gefahren waren, hatte sie sich gefühlt wie in einem Raumschiff. Wenn hier nur auch die Schwerkraft aufgelöst wäre! Das Beautycase hing wie ein Bleigewicht an ihrer Schulter, und der knallrote Rollkoffer, den sie mühsam hinter sich herzog, schien jede Sekunde an Gewicht zuzulegen.

»Mann, Marie. Warum musst du auch immer deinen ganzen Kleiderschrank mit dir rumschleppen?«, bemerkte Franzi.

30

Sie wechselte schwungvoll ihren Seesack auf die andere Seite.

»Falls du es noch nicht mitbekommen haben solltest: Wir verbringen einige Tage in einer Metropole«, antwortete Marie schnippisch. »Und ich möchte mich den verschiedenen kulturellen Anlässen entsprechend stylen können! Autsch! Verdammt!« Das Beautycase war ihr von der Schulter gerutscht und auf ihren Fuß gefallen. Mit zusammengebissenen Zähnen positionierte Marie den Gurt neu und marschierte weiter. Franzi ging eine Weile schweigend neben ihr her.

»Ich würde dir ja helfen …« Dankbar sah Marie ihre Freundin an. »Aber wir sind glücklicherweise schon am Auto.« Grinsend ließ Franzi Marie den Vortritt beim Einladen des Gepäcks.

Die Sonne stand tief am Himmel, als sie sich durch den dichten Verkehr in den Stadtteil durchgekämpft hatten, in dem ihre Unterkunft lag. Helga hatte ihnen während der Fahrt erzählt, dass ihre alte Schauspiellehrerin Lotte Maurer seit fast zehn Jahren eine Pension in der Nähe des *Kleinen Theaters* betrieb. Sie vermietete während des Theaterfestivals immer kleine Apartments an die Teilnehmer.

»In fünfundzwanzig Minuten vom Lehrter Bahnhof nach Wilmersdorf. Das ist mein Rekord!«, freute sich Helga. Sie parkte das Auto in zweiter Reihe vor einem vierstöckigen Haus mit hellgelber Fassade. »Erbaut 1822« war in verschnörkelter Schrift auf einem Stein über der Eingangstür zu lesen.

»Allerdings muss ich gleich noch einen Rekord brechen und in fünf Minuten zu einer Besprechung im Theater sein«, fuhr Helga fort. »Klingelt einfach bei Maurer. Lotte zeigt euch euer Domizil und den Weg zum Theater. In einer Stunde gibt es dort für alle Essen in der Kantine.«

Die drei !!! wuchteten ihr Gepäck aus dem Wagen und winkten Helga. Sie fuhr mit quietschenden Reifen davon.

»Ich bin ganz schön fertig!« Marie streckte sich. »Hoffentlich gibt es ein anständiges Badezimmer mit Wanne. Und der Spiegel ist groß genug und in der richtigen Höhe …«

»Kommst du, Marie?«, rief Kim ungeduldig. Lotte Maurer hatte bereits auf ihr Klingeln hin den Türöffner betätigt. Franzi hielt die Tür auf, und sie betraten den Flur.

Auf dem oberen Treppenabsatz erschien eine zierliche Frau mit kupferrot gefärbten Locken und im passenden Farbton geschminkten Lippen. An ihren Armen klimperten bunte Metallreifen.

»Ihr seid die Theatermädels, richtig?«, begrüßte sie die drei !!!. »Ich bin Lotte Maurer. Nennt mich einfach Lotte.« Kim, Franzi und Marie gaben ihr die Hand.

»Hereinspaziert. Euer Apartment ist gleich hier im Hochparterre.«

Kim atmete auf. Wenigstens musste sie ihr Gepäck nicht bis ganz nach oben schleppen. Es gab zwar einen alten Aufzug mit schmiedeeisernem Gitter. Den hätte Kim, die an Platzangst litt, aber wirklich nicht benutzen wollen.

»Die anderen von eurer Truppe sind schon heute Nachmittag angekommen«, erzählte Lotte. »Sie sind in der Wohnung ganz oben unter dem Dach untergebracht.«

Augenblicklich wurde Marie blass. Kim sah ihre Freundin an. Sie ahnte, was in ihr vorging.

»Sind wir denn nicht alle in einem Apartment untergebracht?«, entfuhr es Marie.

Lotte Maurer lachte kurz auf. Während sie die Tür rechter Hand aufschloss, erzählte sie: »Nein, so groß sind die Wohnungen nicht. Die Zeiten, als hier um die Jahrhundertwende Berliner Großbürger eine ganze Etage für ihre Familie mit Zimmern für die Bediensteten hatten, sind vorbei. Es wurde alles in kleinere Einheiten für drei bis vier Personen aufgeteilt.«

Marie seufzte. Liebend gerne hätte sie zur Not auch zehn Schrankkoffer die Treppe in den vierten Stock geschleppt – wenn sie nur mit Adrian zusammenwohnen könnte.

»Wow!« Franzis spitzer Schrei holte Marie aus ihren Gedanken. »Seht euch das an!«

Der kleine Flur, der hinter der Tür lag, führte in ein großes, L-förmiges Zimmer. Die hohe Decke war stuckverziert und der Parkettboden glänzte in der Abendsonne. Ein großer bunter Flickenteppich lag in der Mitte des Raums.

»Ist das toll!« Kim deutete nach oben. Es gab ein aus hellem Holz gezimmertes Hochbett! Mit seiner Fläche von mindestens zwei auf zwei Metern wirkte es wie eine zweite Etage im Raum. Eine Treppe mit schmalen Stufen führte hinauf. Darunter war eine gemütliche Sitzecke mit Schlafsofa, zwei Sesseln, Bücherregal und einem kleinen Tisch eingerichtet.

Vor dem Fenster stand ein antiker runder Esstisch mit vier verschiedenen Stühlen. In dem kleinen Raum um die Ecke

33

schloss sich eine offene Küchenzeile an. Von hier aus führte auch eine schmale Tür ins Bad. »Mit Badewanne!«, rief Marie glücklich.

»Und großem Spiegel«, seufzte Franzi. »Du kannst hier also den Rest deines Lebens verbringen.« Sie ignorierte Maries bösen Blick und sah Lotte Maurer an. »Das ist irrsinnig gemütlich hier. Toll! Wir werden uns sehr wohl fühlen.«

Lotte lächelte. »Schön! Ihr solltet euch jetzt aber langsam fürs Abendessen in der Theaterkantine fertig machen. Frühstück gibt es übrigens unten in dem kleinen Bistro. Ihr könnt euch aber auch Brötchen beim Bäcker vorne an der Ecke holen. Wenn ihr noch was braucht, sagt Bescheid. Ich wohne im dritten Stock links.« Bevor sie ging, erklärte sie den drei Mädchen, wie sie zum Theater kamen, und gab ihnen die Wohnungsschlüssel.

»Noch eine halbe Stunde bis zum Abendessen«, rief Marie panisch. »Und ich muss mich noch duschen, stylen, umziehen. Wie soll ich das denn schaffen?«

Über eine Stunde später erreichten Kim, Franzi und Marie das *Kleine Theater*.

»War ja klar, dass du das nicht schaffst«, maulte Kim. »Ich habe einen Bärenhunger. Deinetwegen kommen wir jetzt zu spät und ich bekomme womöglich nichts mehr.«

»Ach was, das sind alles Schauspieler. Da ist doch niemand pünktlich«, beruhigte Marie ihre Freundin. Sie fuhr sich durch das frisch geföhnte Haar und verwuschelte es ein bisschen. So passte es super zu ihrem Outfit: dunkelblaue Jeans

❀ 34

mit Glitzerstickerei an den Taschen, breiter Ledergürtel, silbernes Paillettenshirt und weiße Ankleboots mit kleinem Absatz. Dazu Ohrhänger mit Glitzersteinen.

»Mädels, wie sehe ich aus?«, hauchte Marie, als sie die Tür zur Theaterkantine aufstieß.

Wie ein Cowboy, der einen Zusammenstoß mit einem Container voller Weihnachtsschmuck hatte, dachte Franzi. Behielt aber ihre Gedanken für sich.

»Klasse siehst du aus«, antwortete Kim, die einfach immer viel diplomatischer war.

»Marie! Da seid ihr ja endlich«, ertönte es plötzlich vom hinteren Tisch. Er war dicht besetzt mit der Schauspielertruppe und dem Regisseur, den Marie von ihrem Statistenauftritt letztes Jahr kannte. Adrian winkte und strahlte Marie an. Links neben ihm saß Lola, rechts eine junge hübsche Frau, die Marie nicht kannte.

Lola warf ihre glänzende schwarze Haarmähne nach hinten, breitete die Arme aus und rief theatralisch: »Herzlich willkommen! Die Jüngsten kommen immer als Letzte. Hihi, toller Auftritt, ihr drei!«

Marie grinste. Wirklich wohl fühlte sie sich aber nicht. Irgendwie hatte Lola immer so eine übertriebene Art an sich und einen ironischen Unterton.

»Ich hoffe, eure Zugfahrt war gut! Ihr seid spät dran. Kommt, setzt euch zu uns und trinkt erst mal einen Tee.« Adrian machte Platz und rückte dabei mit seinem Stuhl näher an seine rechte Sitznachbarin heran. »Sylvie, jetzt wird's ein bisschen eng«, scherzte er. »Aber ich hab Maries Vater fest versprochen, mich um die drei Mädels hier zu kümmern und sie nicht aus den Augen zu lassen. Darf ich vorstellen: Kim, Franzi und Marie.«

Marie war verunsichert. Wollte Adrian sich jetzt über sie lustig machen? Sylvie nickte den drei Mädchen freundlich zu.

»Sylvie steht kurz vor ihrem Abschluss hier an der Schauspielschule in Berlin«, erklärte Adrian. Bewundernd sah er die junge Frau mit den raspelkurzen blonden Haaren an. Sie schenkte ihm ein strahlendes Lächeln. Da hatte Adrian ja schnell Anschluss gefunden! Ziemlich hübschen sogar.

Lola riss Marie aus ihren Gedanken. »Mensch, Adrian. Kümmere dich doch erst mal um das Essen für deine drei süßen Schutzbefohlenen!«

Kim lief augenblicklich das Wasser im Mund zusammen. Lola ging ihr zwar erheblich auf den Wecker, aber wenn sie dafür bald etwas zu essen bekam, war ihr das blödeste Geschwätz egal. Adrian sprang sofort auf. »Sorry, daran habe ich gar nicht mehr gedacht.« Er zeigte ihnen den Weg zur Küche, in der ein beleibter Koch große Schüsseln mit Spaghetti bolognese austeilte.

Kim nahm ihre Portion in Empfang. Sie schnupperte genießerisch. »Leute, ich bin gerettet!«

Der Abend mit der Schauspielertruppe verging wie im Flug. Sylvie und Theo improvisierten mit einer Nudel einen Sketch des berühmten Komikers Loriot, und Adrian erzählte von den lustigsten und peinlichsten Patzern in seiner Schauspielausbildung. Als Franzi irgendwann völlig erschöpft vom vielen Lachen leise schnarchend an Maries Schulter sank, mahnte Adrian zum Aufbruch. »Um neun Uhr findet morgen der erste Workshop statt. Wir nehmen besser eine Mütze voll Schlaf. Lasst uns gehen!«

Lola und die anderen winkten ihnen zu. Kurz vor Mitternacht machten sich die drei !!! mit Adrian auf den Weg zu ihrem Domizil.

Marie hatte den Eindruck, dass er gerne noch geblieben wäre, um weiter mit dieser Sylvie zu flirten. Missmutig hatte sie mit angesehen, wie Adrian der blonden Frau zum Abschied ein Küsschen rechts und links gegeben hatte. Ihr Abschied im Treppenhaus fiel hingegen kurz aus. Kim hatte noch nicht einmal den Schlüssel ins Schloss gesteckt, da war Adrian schon im Aufzug verschwunden.

Marie drehte sich entnervt auf die andere Seite. Das Hochbett knarrte, und an der Wand des schlecht isolierten Altbaus war ein Vibrieren zu spüren. Aber weder Franzi, die neben ihr, noch Kim, die auf dem Schlafsofa unter ihnen lag, gaben einen Mucks von sich. Beide waren vorhin in die Federn gesunken und sofort eingeschlummert. Obwohl Marie von der langen Zugfahrt und den lauten Gesprächen in der Theaterkantine ziemlich erschöpft war, konnte sie nicht einschlafen. Sie wühlte sich in das Kopfkissen und suchte eine kühle Stelle. Ihr Ellenbogen berührte die Wand. Sie spürte wieder das leise Vibrieren. Kurz überlegte Marie, die Therme im Bad abzustellen, die wahrscheinlich das Geräusch verursachte. Aber dann beschloss sie, einfach alles um sich herum zu ignorieren. Ihre Gedanken gingen zum Abendessen. Diese blonde Sylvie schien es Adrian ja ziemlich angetan zu haben. Hier lief eindeutig etwas nicht so, wie Marie es sich vorgestellt hatte. Aber sie würde es allen noch zeigen! Wenn sie morgen Adrian richtig beeindrucken wollte, musste sie jetzt aber unbedingt ein paar Stunden erholsamen Schlaf haben. Marie fing an, Schäfchen zu zählen. Das half immer. Wohlige Entspannung durchrieselte ihren Körper. Mit jedem weiteren Schäfchen spürte sie, wie bleierne Müdigkeit sie umfing und sie langsam in den Schlaf zog.

Das 13. Schaf machte leise »Mäh«. Es schnupperte am Gras und blieb stehen. Es sah Marie aus großen dunklen Augen an. Dann setzte es zum Sprung an.

Im selben Moment durchschnitt ein entsetzlicher Schrei die schwarze Nacht.

# Gefangen!

Marie fuhr kerzengerade im Bett auf. Was war geschehen? Hatte sie schlecht geträumt?
»HILFE!«
Marie gefror das Blut in den Adern. Das war kein Traum. Hier schrie ein Mensch um sein Leben! Franzi fuhr ebenfalls hoch und rieb sich die Augen. Panisch sah sie Marie an. »Was ist los, warst du das?«
Ein erneuter Schrei. Dazu das unheimliche Geräusch hämmernder Fäuste auf Metall. Nein. Marie träumte nicht. Da schrie jemand aus Leibeskräften um Hilfe!
Kim war bereits auf den Füßen und zog sich hektisch ihren Jogginganzug an. »Da ist jemand in Not. Los, wir müssen helfen!«
Fast gleichzeitig sprangen Marie und Franzi vom Hochbett, schnappten sich ihre Hosen und Pullis und rannten zur Tür.

»Wo ist der Lichtschalter?«, schrie Franzi im Treppenhaus.
»Hier, ich hab ihn«, antwortete Kim und drückte auf den kleinen Knopf an der Wand. Nichts tat sich. »Mist, der Strom scheint ausgefallen zu sein.«
»Oh Gott – hilft mir denn keiner?« Ein Wimmern ging durch das Treppenhaus.
»Hier oben«, rief Franzi und begann die Treppe hinaufzurennen, »das kommt von oben!« So schnell es in der Dunkelheit ging, sprintete Franzi weiter.
Eine weibliche Stimme rief immer noch um Hilfe. Jetzt

schon schwächer. Das Wimmern hallte unheimlich durch das Treppenhaus.

»Schnell, wer weiß, was da passiert ist!«, schrie Marie und nahm zwei Stufen auf einmal. Kim hechtete völlig atemlos hinter ihren beiden Freundinnen her. Sie verfluchte einmal mehr ihre fehlende Fitness und schwor sich, in Zukunft wieder mehr zu trainieren. Eine Wohnungstür öffnete sich und ein Mann in T-Shirt und Boxershorts sah schlaftrunken auf die drei !!!. »Was ist denn hier los? Seid ihr verrückt geworden, solch einen Lärm zu machen?« Kim, Franzi und Marie ignorierten den Mann und liefen weiter. Sie bemerkten auch nicht, dass sich weitere Türen öffneten und erschrockene Hausbewohner ihre Köpfe rausstreckten.

»Der Aufzug ist zwischen dem dritten und vierten Stock stecken geblieben. Und jemand ist darin gefangen«, rief Franzi völlig außer Atem, nachdem sie als Erste oben angelangt war. »Hilfe! Holt mich hier raus. Ich sterbe!« Fahles Mondlicht sickerte durch ein kleines Fenster im Treppenhaus. Ein dunkler Schatten zeichnete sich hinter dem schmiedeeisernen Gitter, das den Aufzug umschloss, ab.

»Lola!« Marie hatte die Gestalt als Erste erkannt.

»Marie? Bist du es? Gott sei Dank. Helft mir. Ich werde sonst noch wahnsinnig!«

»Lola, ganz ruhig, wir holen dich hier raus«, antwortete Marie. Sie sah ihre Freundinnen an.

Kim nickte erleichtert. So, wie es aussah, war niemand verletzt. Der Aufzug war wohl aufgrund eines Stromausfalls hängen geblieben und Lola hatte Panik bekommen. Kim konnte allerdings gut nachvollziehen, wie sie sich fühlen musste. Allein die Vorstellung, spätnachts in beinahe vollkommener Dunkelheit in einer engen Aufzugskabine gefangen zu sein, trieb ihr den Angstschweiß auf die Stirn.

»Gibt es hier denn keinen Notdienst?«, fragte Franzi.

»Den habe ich schon versucht anzurufen. Da meldet sich niemand«, rief Lola erschöpft. »Vielleicht haben die für so alte Häuser keinen Nachtdienst.« Sie schlug verzweifelt auf die Gitterstäbe der Kabine ein. Der dumpfe Widerhall breitete sich im Treppenhaus aus.

Kim ging in die Hocke und sprach beruhigend auf Lola ein. »Wir holen dich da ganz schnell raus, keine Sorge. Nur ruhig Blut – ah!« Kim quiekte erschrocken auf und erstarrte. Dicht hinter ihr hatte sie ein rasselndes Atemgeräusch vernommen! Und jetzt strich ein gespenstischer warmer Hauch über ihr Genick. Etwas Kaltes, Nasses drückte sich an ihr linkes Ohr. Kim wirbelte herum und verlor das Gleichgewicht. »Was ist …« Ihr Atem stockte. Auf dem Hosenboden sitzend sah sie, wie eine schwarze Gestalt mit gelb funkelnden Augen vor ihr zurückwich. Kims Herz setzte für eine Sekunde aus, dann schlug es doppelt so schnell weiter.

Besorgt hämmerte Lola gegen die Aufzugtür. »Hilfe, was ist da los? Kim, alles in Ordnung?«

Plötzlich kicherte Franzi los. »Da ist ein Hund!«

Wie zur Bestätigung fing das Tier freudig an zu bellen. Kim atmete erleichtert aus. Die Besitzerin des Hundes, die eine Treppe weiter unten an der geöffneten Tür gelauscht hatte, rief ihn zu sich. Aber der schwarze Labrador schien den nächtlichen Wirbel zu sehr zu genießen. Neugierig drängelte er sich wieder neben Kim und äugte in die Aufzugskabine.

41

Kim tätschelte seinen Kopf. »Du hast mich vielleicht erschreckt. Als wäre das alles nicht schon aufregend genug. Lola, alles in Ordnung! Wir holen dich da in null Komma nichts raus.« Kim richtete sich auf. Sie sah ihre beiden Freundinnen an. »Ich habe nur keine Ahnung, wie.«

Bevor jemand antworten konnte, wurde die Stille von einer polternden Stimme durchschnitten. »Jetzt ist Schluss, es reicht, aus!« Ein Mann schleppte sich ächzend die Treppen herauf. Der Lichtkegel der Taschenlampe, die er in der Hand hatte, geisterte unruhig über die Stufen. In der anderen Hand hielt er einen Gegenstand fest umklammert – einen Spaten! Drohend schwenkte er das Gerät vor sich her. Die Leute wichen erschrocken zurück. Der Hund begann zu winseln.

Kim prägte sich aus alter Detektivgewohnheit blitzschnell sein Äußeres ein, soweit sie es im Gegenlicht der Taschenlampe erkennen konnte: *Älterer Mann, über einen Meter neunzig groß, breitschultrig, nach vorne gebeugt gehend, zieht ein Bein leicht nach, schlohweißes Haar, schlabbernder Kittel, klobige Schuhe.*

»Jetzt reicht es wirklich!«, schrie der Mann außer sich. »Das ist Ruhestörung und Sachbeschädigung. Ich rufe die Polizei. Dann ist endlich Schluss mit den betrunkenen und randalierenden Fremdenzimmer-Gästen unserer lieben Frau Maurer.«

Ein Raunen ging durch die kleine Gruppe der Hausbewohner. Eine zierliche Frau im Morgenrock meldete sich zu Wort. »Haben Sie mich erschreckt, Herr Haller. Jetzt regen Sie sich doch nicht so auf. Es gab mal wieder einen Stromausfall und der Aufzug ist stecken geblieben. Das ist in den letzten Monaten schon so oft passiert. Das müssten Sie als Hausmeister doch wissen! Erst letzte Woche, als ich spätabends heimkam, ist der Fahrstuhl hängen geblieben. Da war der Strom allerdings nach fünf Minuten wieder da.«

»Hier fällt in der letzten Zeit ständig die Elektrizität aus«, bestätigte ein junger Mann. »Das hat nichts mit den Gästen in den Apartments zu tun.« Er fuhr sich mit der Hand durch die Haare. »Erst gestern Nacht ist mir ein Teil meiner Doktorarbeit verloren gegangen, weil mein PC plötzlich den Geist aufgegeben hat – Stromausfall! Man könnte meinen, dass uns jemand ärgern will.«

»Ja«, stimmte ihm eine alte Dame zu, die etwas abseits gestanden hatte. »Bestimmt wollen die uns von hier vertreiben. Wie drüben in der Emser Straße. Meine Freundin Anastasia hat fast 60 Jahre dort gewohnt. Und dann fing der Terror an. Nach einem halben Jahr hatten sie alle alten Mieter aus dem Haus. Und jetzt sind da nur noch sündhaft teure ›Stadtmaisonetten‹ oder wie das heißt!«

»Von Immobilienspekulanten hört man tatsächlich immer häufiger hier im Stadtteil«, pflichtete eine weitere Bewohnerin ihr bei. Lautes Gemurmel entstand, als die anderen Hausbewohner anfingen, miteinander zu diskutieren.

Franzi warf Kim und Marie einen bedeutungsvollen Blick zu. »Sieht ganz so aus, als hätten wir einen neuen Fall, oder?«, raunte sie. Bevor ihre Freundinnen antworten konnten, brüllte der alte Mann plötzlich los: »Papperlapapp, von wegen Immobilienhaie. Die jungen Leute heutzutage haben einfach keine Erziehung mehr. Alles Sabotage. Alles Gewalt gegen Sachen.« Zur Bekräftigung ließ er den Holzgriff seines

Spatens auf das Treppengeländer krachen. Die Frau im Morgenmantel warf ihm einen vorwurfsvollen Blick zu.

Ein lautes Hämmern ertönte. Irritiert hob der Hausmeister beide Hände: »Das bin ich nicht!«

»Ich – will – hier – raus!«, drang eine gepresste Stimme aus dem Aufzugsschacht. Lola schien einem Weinkrampf nahe.

»Wir müssen etwas unternehmen«, sagte der junge Mann mit der Doktorarbeit.

Franzi nickte. »Bei den meisten Aufzügen gibt es eine Klappe in der Decke, die sich von außen öffnen lässt.« Sie checkte die obere Abdeckung der Kabine, die knapp auf der Höhe des vierten Stockwerks lag. »Ja, da ist etwas.« Franzi schwang ein Bein über das Treppengeländer.

»Halt, das ist viel zu gefährlich«, gab Kim zu bedenken. »Was ist, wenn der Fahrstuhl sich plötzlich in Bewegung setzt, weil der Strom wieder da ist, und nach oben fährt, während du da herumkletterst?«

Marie erschauerte bei der Vorstellung.

»Wir müssen zuerst die Hauptsicherung ausschalten«, antwortete Franzi. »Herr Haller, können Sie uns dabei helfen?«

Der Mann grummelte unwillig, begab sich dann aber nach unten in den Hausflur. Nach einigen Minuten rief er hoch, dass jetzt alles sicher sei.

Franzi sprang. Der Aufzug ruckelte bedenklich, als sie auf der Abdeckung landete. Aber es geschah weiter nichts. »Hier ist eine Klappe mit einem Griff!«

Innerhalb weniger Minuten hatte Franzi sie geöffnet, Lola ihren Arm entgegengestreckt und sie mit der Hilfe des jungen Manns heraufgezogen.

»Oh Gott, ich bin so froh!« Lola zitterte und sah erschöpft aus. Sie fiel Franzi um den Hals. »Danke, danke, danke, dass ihr mich gerettet habt. Keine Minute länger hätte ich es da drin ausgehalten!«

Franzi nickte. Sie spürte jetzt nur noch Müdigkeit in den Knochen und wollte einfach schnell ins Bett. Den anderen ging es offensichtlich genauso. Das Treppenhaus leerte sich zusehends, und eine Tür nach der anderen fiel ins Schloss. »Hoffentlich ist der Strom bald wieder da«, meinte eine Frau gähnend.

»Ich kümmere mich darum«, antwortete der Hausmeister mit leiser Stimme. Er nahm den Spaten, den er vorhin an der Wand abgestellt hatte, wieder an sich und verabschiedete sich schnell. Offensichtlich war ihm sein Auftritt von vorhin doch ein bisschen peinlich. »Fürs Erste aktiviere ich wieder die Hauptsicherung, dann sieht man weiter«, rief er noch, bereits auf dem Weg nach unten.

Marie nickte heftig. Wenn morgen früh ihr Föhn nicht funktionierte, würde sie zur Furie werden!

Nachdem sie sich von Lola verabschiedet hatten, begaben sich auch die drei !!! todmüde ins Bett. Als sich Marie in ihre Decke kuschelte, spürte sie wieder das Vibrieren an der Wand. Das konnte nur eines bedeuten: Die Therme im Bad funktionierte, der Strom war wieder da! Erleichtert schloss sie die Augen und schlief sofort ein.

Ein neuer Fall?

Franzi atmete auf. Der Theater-Workshop war endlich beendet. Sie hatte sich zwar aus Neugier gemeinsam mit ihren Freundinnen zu diesem Kurs angemeldet. Aber eigentlich war ihr schon vorher klar gewesen, dass die ganze Schauspielerei nichts für sie war. Marie blühte auf, wenn zahlreiche Augenpaare aufmerksam auf sie gerichtet waren. Franzi dagegen hasste es, beobachtet zu werden. Viel lieber galoppierte sie allein auf ihrem geliebten Pony Tinka durch den Wald oder sah Polly, ihrem zahmen, hinkenden Huhn, dabei zu, wie es Würmer aus dem Boden zog. Oder sie lieferte sich wilde Skaterrennen mit Benni. Franzi seufzte. Ja, Benni – was er wohl gerade machte?

»Puh, ich bin total fertig!« Marie kam auf Franzi und Kim zu. Sie fuhr sich durch ihr honigblondes Haar, das in sanften Wellen über die Schultern floss. Sie sah kein bisschen fertig aus.

Kim lächelte. »Ich hätte nicht gedacht, dass so ein Theater-Workshop so viel Spaß macht. Vor allem, wenn man die Nacht vorher kaum geschlafen hat.«

Franzi nickte. »Das war schon ein aufregender Beginn unseres Aufenthalts in Berlin. Ich glaube, wir haben einen neuen Fall. Wir müssen unbedingt …«

Marie unterbrach sie. »Entschuldige, aber ich muss jetzt unbedingt in die Kantine. Es gibt gleich Mittagessen, und ich möchte gerne neben Adrian sitzen, damit ich von ihm ein paar Tricks zum *authentischen Lachen* erfahre.«

Franzi hob eine Augenbraue. »Dazu brauche ich nur dich zu beobachten, wenn Adrian in der Nähe ist. Da bekomme ich einen ganz echten Lachanfall. Völlig realistisch.«

Marie zuckte mit den Schultern. »Umso besser für dich.«

Kim hatte beim Wort »Mittagessen« aufgehört, ihren Freundinnen zuzuhören. Sie spürte nur noch die gähnende Leere in ihrer Magengrube. »Jetzt lasst uns endlich essen gehen.«

Franzi sah ihre Freundinnen entgeistert an. »Ich dachte, wir sind Detektivinnen! Wir sollten endlich über das, was wir letzte Nacht erfahren haben, reden. Wir müssen doch diesen Immobilienhaien auf die Spur kommen!«

Marie verdrehte die Augen. »Bloß weil ein paar Bewohner durchknallen, wenn es Stromausfälle in ihrem Haus gibt, müssen wir doch nicht auch gleich die Nerven verlieren.«

Kim, deren Magen mittlerweile laut knurrte, schlug energisch vor, doch erst einmal etwas essen zu gehen und danach die Situation zu besprechen.

Marie nickte dankbar und steuerte zielsicher auf die Kantine zu.

Franzi folgte ihren Freundinnen mit einigem Abstand.

Detektivtagebuch von Kim Jülich
Dienstag, 15:15 Uhr
Wie gut, dass ich Mamas alten Laptop mit nach Berlin genommen habe. Eigentlich wollte ich in der freien Zeit an meinem Kurzkrimi schreiben. Aber das kann ich wohl vergessen. Dafür haben wir vielleicht einen neuen Fall! Alles deutet darauf hin, dass wir es mit Immobilienspekulanten zu tun haben, die die Bewohner des Hauses, in dem auch unser Apartment liegt, ver-

treiben wollen. Seit Wochen gibt es dort immer wieder Stromausfälle und daraus resultierende gefährliche Situationen. Zum Beispiel mussten wir Lola gleich in der ersten Nacht aus dem stecken gebliebenen Aufzug befreien. Und als wir vorhin vom Theater-Workshop zurückkamen, war direkt vor dem Haus der Gehweg aufgebaggert und alles stand voller Baufahrzeuge. Man kommt jetzt nur noch über einen schmalen Holzsteg rein und raus. Eine ältere Dame hat sich kaum getraut, mit ihren schweren Einkaufstaschen rüberzugehen. Erst als Franzi ihr die Taschen abgenommen hat und sie sich an mir festhalten konnte, ging es. Außerdem staubt es irrsinnig, sodass alle Fenster geschlossen bleiben müssen. Und das bei dieser Sommerhitze! Lotte hat uns erzählt, dass angeblich ein Schaden an der Wasserleitung behoben werden soll. Eine Nachbarin meinte aber, dass es nun zum siebten Mal in diesem Jahr eine Baustelle gibt und dass das doch an Schikane grenzen würde.

Wir werden jedenfalls jetzt gleich eine Lagebesprechung abhalten. Obwohl Marie, ganz im Gegensatz zu Franzi und mir, nicht davon überzeugt ist, dass kriminelle Machenschaften im Spiel sind. Ich glaube, sie ist einfach nicht an einem neuen Fall interessiert, weil sie bereits einen hat, der sie voll und ganz beansprucht: Adrian!

Geheimes Tagebuch von Kim Jülich
Dienstag, 15:45 Uhr
Achtung: Lesen für Unbefugte – und das sind neben Ben und Lukas auch Franziska Winkler und Marie Grevenbroich!!! – absolut verboten! Ich sage nur: Geschlossene Gesellschaft! Ihr wisst, was ich meine …

An Adrian kann sich Marie die Zähne ausbeißen. Der ist doch mit der blonden Berliner Schauspielschülerin vollauf beschäftigt. Marie musste mit ansehen, wie er sich beim Mittagessen neben diese Sylvie setzte und nur noch für sie Augen hatte. Die ganze Zeit haben die beiden miteinander geflirtet. Bei den anschließenden Proben zu unserem Sartre-Stück war Marie total unkonzentriert. Einmal hat sie sogar ihren Einsatz verpasst, und die Szene musste noch einmal geprobt werden. Franzi war auch nicht ganz auf der Höhe. Sie hat noch Schwierigkeiten mit ihrem Beleuchterjob. Mehrfach hat sie die Knöpfe auf dem Lichtpult verwechselt, und die Schauspieler standen im Dunkeln. Lola ist völlig ausgerastet und hat sich darüber beschwert, dass sie mit Laien arbeiten muss. Adrian hat zwar versucht sie zu beruhigen, aber auch er hat ziemlich genervt gewirkt.

Ich fürchte mich schon vor meinem Einsatz. Heute wurde noch ohne Maske und Kostüm geprobt. Aber schon morgen ist es so weit. Dann muss ich zeigen, dass ich alles im Griff habe. Der Hammer ist: Ich bin auch für die Reinigung und das Flicken der Kostüme zuständig. Das hat mir vorher keiner gesagt. Und ich finde es echt ätzend!

Jetzt ist aber erst mal Erholung angesagt. Marie braucht dringend Abstand vom Theater – besser gesagt, von Adrian. Wir haben beschlossen, uns zu dritt einen schönen Nachmittag in der Stadt zu machen und dabei das Angenehme mit dem Nützlichen zu verbinden. Lotte hat uns erklärt, wie wir mit dem Bus zu ihrem Lieblingscafé mit dem lustigen Namen Sorgenfrei *kommen. Dort werden wir eine kurze Lagebesprechung abhalten. Danach will Marie unbedingt zum Shoppen ins* KaDeWe *beim*

Wittenbergplatz. Es ist das größte Kaufhaus Deutschlands – das Flaggschiff unter den Shoppingcentern, *wie Marie sagt – und es existiert seit über 100 Jahren. Marie hat von tollen Themenwelten und super Markenboulevards in diesem Luxustempel geschwärmt. Also, ich muss da nicht rein. Mein Taschengeld reicht eh nicht aus.*
Marie ist endlich fertig gestylt, wir können los!

Franzi blieb abrupt vor der Haustür stehen. Sie drehte sich um. »Habt ihr das gehört?«

Marie, die nur knapp einen Zusammenstoß mit Franzi hatte verhindern können, seufzte. »Ja, Miss Superdetektivin, immer auf der Lauer. Bei dem Baulärm hier höre auch ich eine Menge!« Sie klappte ihren Schminkspiegel auf und kramte in ihrem Umhängebeutel nach ihrem Lippenstift.

»Das klang wie ein zuschlagendes Eisengitter.« Franzi hielt sich am provisorischen Handlauf fest und lief rückwärts die Holzplanken entlang, die die Baugrube vor dem Haus überdeckten. »Ob wieder jemand im Aufzug gefangen ist? Sollten wir nicht lieber …«

»Vorsicht!«, schrie Kim plötzlich und warf sich nach vorne. Sie erwischte den Saum von Franzis T-Shirt und konnte sie gerade noch festhalten. Zwei Zentimeter hinter Franzi raste ein Bagger vorbei. Steine spritzten zur Seite und prasselten gegen die Hauswand. Eine große Staubwolke legte sich über die drei !!!.

»Puh, das war knapp!« Franzi sah Kim betroffen an und hustete ein bisschen. »Danke.«

»Die sind ja wohl total verrückt geworden«, schimpfte Marie. Sie hob den Lippenstift auf, den sie vor Schreck fallen gelassen hatte. Dann klopfte sie sich den Sand aus ihrem Minikleid. »Wahrscheinlich habt ihr mit eurem Verdacht doch recht. Die fahren jetzt einfach alle Hausbewohner um und dann …« Marie machte sich daran, dem Bagger hinterherzulaufen, der gerade um die Ecke verschwunden war.

Franzi hielt sie davon ab. »Komm, das bringt doch nichts. Ich hab ja auch nicht aufgepasst. Lasst uns lieber schnell zu Lottes Café fahren. Ich brauche dringend einen *Kakao Spezial* mit Vanillearoma gegen meine Zitterbeine. Oder etwas Ähnliches, das an unser Lieblingsgetränk aus dem guten alten *Café Lomo* herankommt.«

»Heute: Eiskaffee Karamell«, las Kim von der bunt beschrifteten Tafel ab, die vor dem gemütlichen kleinen Laden stand. »Das klingt bei diesen Temperaturen doch echt verlockend.« Franzi fächelte sich mit der flachen Hand Wind zu. »Die Luft im Bus war auch zum Schneiden.«

Sie folgten Marie, die bereits in dem kleinen Café stand und verzückt auf einen himbeerroten Plüschhocker starrte. »Ist der nicht super?«

»Hat Lotte doch erzählt«, antwortete Franzi ungerührt. »Die haben hier allen möglichen Trödel aus den 50er-Jahren, den sie auch verkaufen. Was mich im Moment aber mehr interessiert, ist der schattige Hinterhof, in dem man draußen sitzen kann. Kommt, hier geht's lang.«

»Hmm, lecker!« Kim sog genüsslich am Strohhalm des Getränks mit viel Vanilleeis und Karamellsoße. Franzi hatte sich für eine Bananenmilch und Marie für die hausgemachte Zitronenlimonade mit dickem Zuckerrand am Glas entschieden. »Ich glaube, ich genehmige mir auch noch eine Scheibe von diesem tollen Schoko-Keks-Kuchen«, murmelte Kim und winkte dem Kellner.

Franzi beugte sich vor. »Also, wie wollen wir jetzt weiter vorgehen?«

Marie schob ihre Sonnenbrille hoch und sah Franzi verwundert an. »Na, wir trinken hier was und dann gehen wir shoppen. Ich brauche unbedingt ein neues Kleid für die Party nach der Aufführung am Freitag.«

»Und was ist …«, Franzi hielt kurz inne und wartete, bis der Kellner den Teller mit dem Kuchen für Kim auf dem Tisch platziert hatte, »mit unserem Fall?«

»Welcher Fall?«, rief Marie, und der Kellner drehte sich erschrocken um.

»Es ist nichts«, winkte ihm Franzi schnell beschwichtigend zu. »Mensch, Marie, bist du verrückt geworden? Was ist denn los mit dir? Adrian und dieses ganze Theater scheinen dich ja völlig …« Ein Klingeln unterbrach Franzis wütenden Wortschwall.

Kim fasste schnell in ihre Hosentasche und holte ihr Handy hervor. Nach einem kurzen Blick auf das Display sagte sie mit geröteten Wangen: »Entschuldigt mich bitte einen Moment, ja? Das ist Michi!« Kim stand auf und schlenderte mit dem Handy am Ohr in eine ruhige Ecke des Hinterhofs.

»Ich – fasse – es – nicht!« Franzi ließ sich in den Liegestuhl zurückfallen und pustete sich eine rote Haarsträhne aus der Stirn. Wütend sah sie Marie an. »Sind wir nun Detektivinnen oder nicht? Jetzt rennt Kim auch noch einfach weg, bloß weil ihr Lover sich mal meldet.«

Marie nahm einen großen Schluck aus ihrem Limonadenglas. Nachdenklich leckte sie sich die Zuckerstreusel von den Lippen. »Ach komm, jetzt reg dich doch nicht so auf. Die beiden haben sich in der letzten Zeit wirklich selten gesehen. Ich finde es wichtig, dass sie wenigstens miteinander telefonieren. Es passiert viel zu schnell, dass sich Paare entfremden, wenn eine große räumliche Distanz zwischen ihnen liegt.«

Marie sah plötzlich traurig aus. Bestimmt dachte sie jetzt an Holger. Franzi bekam ein schlechtes Gewissen, weil sie so ungehalten gewesen war.

»Weißt du«, begann Marie prompt, »manchmal denke ich, Holger und ich wären noch zusammen, wenn er nicht in diesem blöden Billershausen wohnen würde. Ich denke so oft an ihn. Aber weil das ja doch keinen Sinn macht, versuche ich mich ganz schnell neu zu verlieben.«

Franzi räusperte sich. »Verstehe. Aber du weißt schon, dass das ganz schön schiefgehen kann. Adrian zum Beispiel scheint mir gar kein guter Kandidat zu sein. Ich weiß, es geht mich eigentlich nichts an. Aber ich glaube nicht, dass der ernsthaft was von dir will. Und ich mache mir einfach Sorgen um dich.« Sie legte Marie eine Hand auf den Arm. »Du hast schon so gelitten, als du unglücklich in meinen Bruder verliebt warst. Ich möchte einfach nicht, dass dir das bei Adrian wieder passiert. Für den bist du doch bloß wie eine kleine Schwester!«

Marie schluckte und nickte. »Wahrscheinlich manchmal sogar genauso nervig.« Sie wischte sich mit einer schnellen Handbewegung eine Träne aus dem Augenwinkel.

Kim kam zurück an den Tisch. Mit einem seligen Lächeln verstaute sie ihr Handy in der Tasche und griff nach der Kuchengabel. Als sie sich einen Happen Schokokuchen in den Mund schob, fiel ihr Blick auf Marie. Augenblicklich verschwand ihr verklärter Gesichtsausdruck. Sie schluckte schnell, dann fragte sie bestürzt: »Was ist denn hier los?«

Marie winkte ab und lächelte schwach. »Ach, ist schon gut. Franzi und ich haben eben kurz ein ernstes Gespräch geführt.« Kim hob erstaunt die Augenbraue. Marie und Franzi – und ein ernstes Gespräch? Die beiden kabbelten sich doch immer nur.

»Na ja, nicht jeder lebt in einer so glücklichen Beziehung wie du, Kim – wenn du weißt, was ich meine«, fügte Franzi hinzu. Es klang fast ein bisschen eifersüchtig.

Schnell schaltete sich Marie ein: »Aber es ist schön zu sehen, dass es offensichtlich noch dauerhafte, schöne Beziehungen gibt, wie Kim und Michi sie haben!«

»Das ist richtig«, stimmte ihr Franzi zu.

Kim lächelte jetzt wieder entspannt. »Michi hat mich eben gefragt, ob ich in den nächsten Ferien mit ihm ein paar Tage wegfahren würde. Zum Beispiel hierher nach Berlin. Nur wir zwei!«

»Das ist doch ein toller Plan«, sagte Marie. »Dann solltest du jetzt endlich was von Berlin sehen, damit du deinem Liebsten auch die schönsten Plätze zeigen kannst!«

Kim warf einen übermütigen Blick in Maries Richtung:

»Gute Idee! Aber mit den schönsten Plätzen *zum Shoppen* werde ich ihn nicht beeindrucken können …«

Marie sah gespielt bestürzt drein, dann meinte sie lachend: »Na gut, dann muss ich meine Shoppingtour eben vertagen. Ich habe ja genügend Klamotten mitgebracht. Übrigens habe ich auch schon eine Idee, wo wir jetzt hingehen. An den idealen Ort nämlich, um sich einen Überblick über diese fantastische Stadt zu verschaffen und …«, Marie senkte die Stimme geheimnisvoll, »um ungestört eine obergeheime Detektiv-Lagebesprechung abzuhalten.«

Kim schüttelte lächelnd den Kopf.

Franzi blieb der Mund offen stehen. »Du hast es doch nicht vergessen! Marie, du bist immer wieder für eine Überraschung gut!«

Mitternachtsparty

»Woah!« Kim hatte die Augen fest geschlossen und hielt sich an Franzi und Marie fest. Der Aufzug schoss so schnell in die Höhe, dass sie sich gar nicht entscheiden konnte, was schlimmer war: die Panik, die sofort zugeschlagen hatte, als sie die Kabine mit zig anderen Touristen betreten hatten. Oder das Gefühl, dass ihr Magen immer noch unten am Potsdamer Platz wartete, während der Rest ihres Körpers in nur 20 Sekunden der Aussichtsplattform entgegensauste. Erneut quiekte Kim panisch auf.

Marie lächelte der kleinen Chinesin zu, die ihnen gegenüberstand. »Platzangst«, sagte sie entschuldigend mit einem Kopfnicken in Kims Richtung. Als die Frau sie nur verständnislos ansah, fügte sie die englische Übersetzung hinzu: »*Claustrophobia!*« Jetzt nickte die Frau bedauernd.

Kim öffnete die Augen und sah ihre Freundin vorwurfsvoll an. »Du machst Small Talk mit Wildfremden, während ich hier sterbe? Wenn ich gewusst hätte, auf was ich mich da einlasse, wäre ich niemals mitgekommen!«

Marie blinzelte schuldbewusst. »Entschuldige bitte. Ich vergesse das irgendwie immer mit deiner Phobie. Aber ich verspreche dir, du wirst gleich alles andere vergessen, wenn wir oben sind! Mein Vater war letztes Jahr da unten im Sony-Center bei einer Filmpremiere und ist in der Pause mit Schauspielkollegen hier hochgefahren. Er meinte, der Ausblick über Berlin sei einfach traumhaft.«

Als die drei !!! im 25. Stockwerk ausgestiegen und an die verglaste Brüstung herangetreten waren, bot sich ihnen wirklich ein unglaublicher Anblick.

»Was 100 Meter Höhe ausmachen«, rief Franzi begeistert.

Kim atmete tief ein und aus. Sie hatte immer noch mit leichter Übelkeit zu kämpfen.

»Sieh mal, da ist das Brandenburger Tor«, versuchte Marie ihre Freundin abzulenken. Sie deutete auf einen großen Torbogen in der Ferne. »Und dahinten ist die Kuppel des Reichstagsgebäudes zu sehen. Bin ich froh, dass wir uns nicht in die Warteschlage gestellt haben, um von da runterzugucken. Hier sieht man viel besser!« Marie wurde nicht müde, eine Sehenswürdigkeit nach der anderen aufzuzählen. Bundeskanzleramt, Schloss Bellevue, Dom, Gendarmenmarkt, Holocaust-Mahnmal und Gedächtniskirche. Kim und Franzi schwirrte der Kopf.

»Sag mal«, rief Franzi verzweifelt dazwischen, »hast du den Reiseführer auswendig gelernt?«

»Nö, ich sehe bloß auf den Prospekt, den sie uns unten bei der Kasse in die Hand gedrückt haben.« Triumphierend hielt Marie den kleinen Faltplan in die Höhe. »An klaren Tagen reicht der Blick bis zu den Marzahner Plattenbauten, der Grenze zu Brandenburg mit den Windrädern und bis zum Teufelsberg«, las sie vor. »Und hört mal: Der Panoramapunkt liegt direkt am ehemaligen Mauerverlauf am Potsdamer Platz. Heute markiert hier eine doppelte Pflastersteinreihe die frühere Grenze.«

Kim erschauerte. Von hier oben sah alles so fern und klein aus. Und »frühere Grenze« klang so harmlos. Sie wusste aus dem Geschichtsunterricht, dass es ab 1949 zwei deutsche

Staaten gegeben hatte, die fast 30 Jahre lang durch eine scharf bewachte Grenze voneinander getrennt waren. Mitten durch Berlin war eine Mauer gegangen, die die Stadt in West- und Ostberlin teilte. Viele aus dem Osten wollten rüber auf die andere Seite der Mauer, weil das Leben im Westen scheinbar besser war. Und ihre Oma hatte ihr von einer Freundin erzählt, die sogar unter Lebensgefahr nach Westdeutschland geflüchtet war. Aber nur wenige hatten das geschafft. Viele Menschen waren auf ihrer Flucht ums Leben gekommen. Kim schüttelte den Kopf, als könne sie die traurigen Gedanken dadurch vertreiben.

»Hey«, rief Marie, »diese Grenzgeschichte ist seit mehr als 30 Jahren Vergangenheit! Ist das nicht toll, dass das alles jetzt schon ganz lange anders ist?«

Franzi stimmte zu. »Ganz genau!« Dann zeigte sie auf eine Bank, die halb versteckt hinter einer Säule stand. »Und wollten wir nicht noch unsere Lagebesprechung durchführen? Hier ist der optimale Ort, um nicht belauscht zu werden.«

Die drei !!! machten es sich in der Abendsonne bequem. Kim schloss die Augen und hielt ihr Gesicht in die Strahlen, die immer noch eine erstaunliche Kraft hatten. »Hierher muss ich unbedingt mit Michi kommen«, seufzte sie.

Marie stieß sie kichernd an. »Träumen kannst du später. Jetzt bist du mit deinen beiden Freundinnen und Detektivkolleginnen hier.«

»Und daher wirst du jetzt schön die Augen aufmachen, damit wir endlich unsere Lagebesprechung abhalten können«, sagte Franzi grinsend. »In so luftiger Höhe werden *Die drei !!!* nicht so schnell wieder zusammenkommen. Das nächste

❋ 58

Mal musst du wieder mit dem Schuppen und unserer Kutsche vorliebnehmen.«

Eine gute Stunde später standen die drei !!! wieder auf dem belebten Potsdamer Platz. Angestellte aus den Büros im Viertel eilten geschäftig an ihnen vorbei und Touristen verstellten den Weg, weil sie neugierig die außergewöhnliche Architektur bewunderten. Kim war wieder etwas blass um die Nase. Aber Marie war gut gelaunt und schien ihre miese Stimmung in Sachen Liebe vorerst vergessen zu haben. Als sie an einem Lebensmittelgeschäft in den Arkaden vorbeikamen, rief sie: »Wisst ihr was? Ich gebe einen aus! Wir kaufen uns jetzt lauter leckere Sachen und fahren in unser tolles Apartment. Und dann machen wir eine richtige Fressorgie. Na, was haltet ihr davon?«

In Kim kam augenblicklich Leben. »Super Idee! Ich brauche dringend etwas Nahrung, damit meine Nerven für die kommenden Detektivaufgaben gestärkt sind.«

Franzi zögerte. »Wir haben doch eben beschlossen, dass wir schnellstmöglich mit der ersten Ermittlungsarbeit beginnen und Lotte zu den seltsamen Vorkommnissen im Haus befragen.« Sie sah auf ihr Handy. »Und außerdem gibt es in einer halben Stunde Abendessen in der Theaterkantine, wenn ich das richtig in Erinnerung habe.«

Marie schlug sich vor die Stirn. »Oh, ist es schon so spät? Wie konnte ich das Abendessen vergessen?«

Franzi grinste. »Weil du scheinbar auf dem besten Wege bist, dich von Adrian zu verabschieden. Sehr vernünftig. Und jetzt, wo wir drüber reden, finde ich die Idee mit einem

Snack ganz weit weg von der Theatercrew eine tolle Idee!« Sie ging auf die Glastür des Feinkostgeschäfts zu. Kim folgte ihr.

»Wartet«, rief Marie ihnen hinterher. Sie zog ihr Handy aus ihrer Umhängetasche. »Ich sage Adrian wenigstens kurz Bescheid. Sonst macht er sich Sorgen.«

»Wer's glaubt. Aber tu, was du nicht lassen kannst«, antwortete Franzi und stieß die Tür zu dem Laden auf.

»Hm, riecht das lecker«, murmelte Kim, als sie an einer Theke mit warmen Gerichten zum Mitnehmen vorbeikamen.

»Eigentlich habe ich gar keinen Hunger«, meinte Franzi.

»Du Glückliche. Und dabei könntest gerade *du* es dir leisten.« Kim sah neidisch auf ihre zierliche durchtrainierte Freundin. Franzi zuckte mit den Schultern. »Du hast doch eine super Figur. Aber wenn du dich nicht wohlfühlst, solltest du eben wieder ein paar Runden mit mir joggen gehen.«

Kim seufzte. Franzi hatte recht. Aber Sport war einfach nicht ihr Ding. Egal, heute lud Marie sie ein – und es wäre doch absolut unhöflich, diese Einladung auszuschlagen! Aber wo steckte sie eigentlich?

Wie auf Kommando bog Marie um die Ecke. Sie hielt einen Einkaufskorb in der Hand, in dem sich bereits jede Menge leckere Sachen stapelten: Neben Tüten mit Chips, Tacos und Popcorn, einer Dose Wasabi-Erdnüssen, zwei Tüten Gummibärchen und einer Packung Cremetörtchen zählte Kim mindestens sieben verschiedene Tafeln Schokolade, drei Flaschen Cola und eine Flasche Wasser.

»So, Mädels. Ich hab hier schon mal die Basics für die Vor- und Nachspeise. Den Rest müsst ihr noch aussuchen. Heute hauen wir richtig rein.« Während Marie im Vorbeigehen noch eine XXL-Familienpackung Marshmallows aus dem Regal zog, sagte sie: »Ich soll übrigens *ganz tolle* schöne Grüße von Adrian sagen. Er wünscht uns einen *ganz tollen* Abend. Er hat auch die Zeit vergessen. Er sitzt nämlich in einem *ganz tollen* Laden in Kreuzberg, in dem es *ganz tolles* indisches Essen gibt.«

Kim und Franzi warfen sich einen Blick zu.

»Lass mich raten«, sagte Franzi, »die *ganz tolle* Sylvie ist auch dabei.«

Marie feuerte den Beutel mit den Marshmallows in den Korb. »*Ganz* genau.«

Schnell fügte Kim hinzu: »Na, dann ist doch alles wirklich *ganz toll*. Adrian ist beschäftigt – und du feierst eine gemütliche Mitternachtsparty mit uns!« Sie hakte sich bei Marie unter und zog sie vor die Glasvitrine, in der die Take-away-Gerichte ausgestellt waren. »Schau mal, die haben chinesische Bratnudeln mit Krabben, das magst du doch so! Und es gibt Krautsalat und diese frittierten Bällchen aus Kichererbsenpüree und …«

»Echt, Falafel?«, rief Franzi dazwischen. »Da krieg jetzt sogar ich Appetit!«

Kim grinste. »Das wurde aber auch mal Zeit.«

Mit prallen Einkaufstüten bestiegen sie den Bus und fuhren zu ihrem Apartment. Sie machten sich ein bequemes Lager auf Kims Sofa und zündeten die Teelichter an, die Marie im Küchenschrank gefunden hatte. Franzi verteilte das Knabberzeug auf verschiedene Schälchen, die sie rund um die Couch auf den Boden stellte. Kim griff sofort zu.

Die Schokoladetafeln drapierte Franzi fächerförmig auf einem Tablett, in dessen Mitte sie abwechselnd Cremetörtchen und Marshmallows legte. »Damit wir die Nachspeise schon mal im Blick haben«, murmelte sie zufrieden. In der Zwischenzeit öffnete Kim die erste Colaflasche und goss ein. »Gesund geht auch morgen!«, rief sie, und drei randvolle Colagläser stießen leise klirrend aneinander.

Kim wickelte ihren Doppelhamburger mit extra Bacon aus dem Papier und nahm einen herzhaften Bissen. Zufrieden lehnte sie sich zurück. »Ah, ist das gut!«, nuschelte sie glücklich.

Marie und Franzi nickten begeistert, ebenfalls mit vollen Backen kauend. Marie lief mit ihrer Schachtel und den chinesischen Essstäbchen zum Fernseher, schaltete ihn ein und ließ sich in einen Sessel fallen. »Jetzt müsste gleich die Sendung mit Sue kommen. Hat jemand die Fernbedienung gesehen?«

»Hier ist sie.« Franzi warf ihr das Gerät zu. Es landete hinter Kim zwischen der Sofalehne und der Wand.

»Hey, pass doch auf!« Kim wischte sich die fettigen Finger an einer Papierserviette ab, beugte sich von oben in den engen Zwischenraum und angelte nach der Fernbedienung. »Hab sie«, presste sie hervor.

Als sie sich beim Hochkommen mit der Hand abstützte, zuckte sie plötzlich zusammen. »Huch! Hier vibriert alles. Spürt ihr das? Ist das ein Erdbeben?« Alarmiert richtete sich Kim auf. Franzi schüttelte verwundert den Kopf. »Ich merke nichts.« Auch Marie verneinte.

Kim strich über die Tapete. »Doch, es vibriert.«

Marie kam zu ihr herüber. »Stimmt. Das ist mir in der ersten

Nacht auch aufgefallen. Das ist sicher nur die Therme im Bad. Oder der Aufzug – wenn er nicht gerade stecken bleibt.« Sie nahm die Fernbedienung und wählte einen Sender.

»Die Therme hängt aber auf der anderen Seite«, sagte Kim nachdenklich.

»Hey, da ist Sue«, rief Marie und ließ sich neben Franzi auf die Matratze fallen. »Seht mal, sie trägt die Haare jetzt kurz, wie süß! Kim, lass uns die komische Wand morgen unter die Lupe nehmen, ja? Jetzt muss ich unbedingt Sue sehen!«

Die drei !!! kannten die beliebte Moderatorin schon eine ganz Weile persönlich. Sie hatten sie bei Nachforschungen zu einem Skandal in der TV-Branche kennengelernt. Und erst vor Kurzem waren sie ihr bei einem anderen Fall, in dem es um seltsame Handys und eine Sekte ging, wieder begegnet.

Franzi und Marie sahen wie gebannt auf den Bildschirm und kommentierten jedes Wort und jede Bewegung von Sue. Enttäuscht nahm Kim sich ein Cremetörtchen.

Ihre Freundinnen interessierten sich kein bisschen mehr für das seltsame Geräusch. Aber vielleicht nahm Kim das auch zu wichtig.

Als im Anschluss an Sues Show ein spannender alter *Miss-Marple*-Film kam, hatte auch Kim die Wand vergessen.

Die Tür im Keller

»Das war ein super Abend«, seufzte Franzi, als sie die schmalen Stufen zum Hochbett hinaufkrabbelte. »Mir ist nur ein bisschen schlecht.«

»Mir auch«, murmelte Marie, die sich schon die Decke bis zur Nasenspitze hochgezogen hatte. »Einfach drüber schlafen. Morgen ist alles wieder gut. Da müssen wir auch fit sein für die Probe.«

»Mir graut's schon davor«, sagte Kim. Sie pustete die Teelichter auf dem kleinen Tisch aus und sprang auf ihre Schlafcouch. »Hoffentlich verwechsle ich nicht die Kostüme. Und das mit dem Schminken ist auch so ein Ding.«

»Es wird schon gut gehen«, beruhigte sie Marie.

»Genau«, sagte Franzi. »Denk ans Topmodel-Haus. Lipgloss als Lidschatten«, sie kicherte los, »wer das einem Star-Visagisten als neuesten Trend verkaufen kann, der wird im Notfall ein paar vertauschte Kostüme als modernes Theater darstellen können.«

»Erinnere mich bitte nicht daran«, flüstere Kim. »Außerdem ist das jetzt etwas ganz anderes.« Sie dachte mit Schaudern an Lolas wütendes Gesicht, als Marie bei der Probe am Nachmittag ihren Einsatz verpasst hatte. Aber egal, es war ihre Entscheidung gewesen, mit nach Berlin zu kommen. Jetzt würde sie das auch irgendwie durchstehen.

Von oben drangen gleichmäßige Atemgeräusche zu ihr. Ihre Freundinnen waren tief und fest eingeschlafen!

Kim berührte die Wand. Da war wieder dieses Vibrieren.

Sie hatte vorhin beim Zähneputzen im Bad extra nach der Therme gesehen. Die konnte es definitiv nicht sein, weil sie an der Wand zur Küche angebracht war.

Plötzlich war Kim hellwach. Zu dem Vibrieren war ein leise surrendes Geräusch hinzugekommen. Es klang wie ein hungriger Moskito, der auf der Suche nach Blut gierig sein Opfer umkreiste.

Jetzt konnte Kim endgültig nicht mehr schlafen. Leise stand sie auf, zog sich ihren Jogginganzug an, schlüpfte in ihre Turnschuhe und holte die Taschenlampe und die Digitalkamera aus der Reisetasche. Wie gut, dass sie einen Teil ihrer Detektivausrüstung mitgenommen hatte, obwohl Marie sich darüber lustig gemacht hatte.

Kim schlich in den Hausflur. Sie knipste die Taschenlampe an, um niemanden durch die Treppenhausbeleuchtung zu wecken.

Es war totenstill. Nein. Da war es wieder. Dieses Surren. Jetzt aber lauter als in der Wohnung. Es kam von unten. Kim zögerte. Dann ging sie die Treppe zum Keller hinunter. Vorsichtig näherte sie sich einer hellgrau gestrichenen Holztür. Das Geräusch wurde lauter. Sie drückte die Klinke langsam herunter und stemmte sich gegen die Tür. Nichts tat sich. Natürlich, abgeschlossen. Der Lichtkegel der Lampe streifte das Türblatt und den Rahmen.

Kim stutzte. Die Tür war ja nach außen zu öffnen!

Sie drückte erneut die Klinke und zog. Mit einem lauten Knarren öffnete sich die Tür. Kim hielt den Atem an. Hatte sie jemand gehört? Nein, alles blieb ruhig, nur das Summen war jetzt lauter zu hören.

65

Mit pochendem Herzen ging Kim einige Schritte in den Gang hinein. Hier gab es ungefähr zehn Kellerverschläge. Es roch muffig. Ein feiner Luftzug streifte Kims Wange. Das Geräusch kam von links. Als sie dorthin leuchtete, sah sie eine Eisentür. Als sie die Hand auf die Klinke legte, spürte sie deutlich ein starkes Zittern. Vor Schreck zuckte sie zurück. Dann legte sie die Hand erneut auf die Klinke. Nichts. Das Vibrieren war verschwunden! Kim wartete.

Hatte sie sich getäuscht? Hatten ihr ihre Nerven einen Streich gespielt? Vorsichtig drückte sie die Klinke nach unten.

Aber diese Tür war wirklich abgeschlossen. Kim rüttelte noch einmal. Sie kam nicht weiter. Dann tastete sie nochmals mit der flachen Hand. Nichts tat sich. Und plötzlich kam sie sich sehr lächerlich vor. Wahrscheinlich gab es für das Vibrieren einen ganz einfachen Grund: Sicher war hier der Raum mit der Technik für den Aufzug untergebracht, und irgendein Gerät machte in regelmäßigen Abständen Geräusche. Und sie schlich spätnachts allein durch die Gegend und spielte Detektiv! Ihr war wohl die viele Cola vorhin zu Kopfe gestiegen.

Kim trat den Rückweg an. Von dieser peinlichen Aktion würde sie ihren Freundinnen bestimmt nicht erzählen.

Sie schloss die Holztür sorgfältig. Dabei konnte sie nicht vermeiden, dass es wieder fürchterlich knarrte. Kim hielt kurz inne und lauschte. Niemand im Haus war auf sie aufmerksam geworden.

Kim stieg die Treppen hinauf. Wenn sie doch erst gar nicht mit nach Berlin gefahren wäre. Was tat sie hier eigentlich? Sie könnte jetzt bei Michi im Eiscafé sitzen und einen von ihm für sie liebevoll zusammengestellten Amarena-Becher mit einer doppelten Portion Sahne und extra Schokostückchen essen. Kim seufzte. Ihr wurde ganz warm ums Herz, während sie an Michi dachte. Michi, Michi, Michi! Bei jedem Schritt, den sie tat, rief ihr Herz nach ihm. Sie sehnte sich so sehr danach, sich endlich wieder in seine starken Armen zu schmiegen.

Kim schlich an der Eingangstür vorbei und war gerade fünf Treppenstufen von der Tür ihres Apartments entfernt, da hörte sie etwas. Sie zuckte zusammen. Eindeutig, da war ein schepperndes Geräusch gewesen. Draußen war jemand. Sie drängte sich an die Wand. Vielleicht war das Adrian, der jetzt auch endlich nach Hause kam? Oder irgendein anderer Nachtschwärmer? Aber niemand kam herein. Kim wurde es eiskalt. Was, wenn sie gleich einem Einbrecher vor die Füße lief? Einmal mehr verfluchte sie ihren Alleingang.

Trotzdem konnte sie ihre Neugier nicht zügeln. Beherzt ging sie zur Haustür zurück und öffnete sie einen kleinen Spalt. Warme Sommernachtsluft schlug ihr entgegen, und Kim merkte erst jetzt, wie kühl es im Keller gewesen war.

Es roch nach den Blüten des großen Oleanderbuschs neben dem Eingang. Die Baugrube lag dunkel wie ein offenes Grab vor Kim. Die Holzplanken sahen aus wie der Deckel eines roh gezimmerten Sargs. Kim fröstelte in der warmen Sommernacht.

Im Licht der Straßenlaterne warfen die Baufahrzeuge unheimliche Schatten. Die Schaufel eines Baggers wurde zu

67

einem riesigen Monsterkopf mit messerscharfen Zähnen im aufgerissenen Maul. Hallo, jetzt geht aber die Fantasie mit dir durch, ermahnte sich Kim.

Und plötzlich hörte sie wieder das Geräusch. Ein Rasseln, dann ein Klicken. Kim hielt den Atem an. In der nachtschwarzen Fensterscheibe des Baufahrzeuges spiegelten sich die Äste des Busches, die sich im leichten Wind wiegten. Dazwischen waren die Umrisse zweier menschlicher Gestalten zu erkennen! Sie bewegten sich und eine gepresste Stimme zischte: »Bald ist es so weit!«

Eine andere, tiefere Stimme antwortete etwas, das wie »mal sehen« klang.

Augenblicklich zog Kim sich zurück. Sie hörte, wie sich eilige Schritte entfernten. Kim schloss die Tür so leise, wie es ihr mit ihren zitternden Händen möglich war. Ihr Herz pumpte wie ein Dampfhammer.

Schnell lief Kim die wenigen Stufen zum Apartment hinauf. Erleichtert schloss sie die Tür von innen und drehte zur Sicherheit den Schlüssel zwei Mal herum.

Franzi und Marie schlummerten immer noch tief. In Kims Kopf kreisten die Gedanken wie wild. Sie entschied sich dafür, ihren Freundinnen erst morgen früh von ihrer nächtlichen Entdeckung zu erzählen. Jetzt konnten sie sowieso nichts mehr unternehmen. Die beiden Gestalten waren bestimmt schon über alle Berge.

Kim zog die Bettdecke fester um sich. Was hatte das alles zu bedeuten? Gab es einen Zusammenhang zwischen dem Vibrieren der Wand und den beiden Männern? Warum hatte das Geräusch aufgehört, als Kim vor der Eisentür stand? Auch jetzt war nichts mehr zu spüren. Was steckte hinter den Stromausfällen? Und wie hing das alles zusammen?

Gab es überhaupt einen Zusammenhang?

Kim wälzte sich im Bett hin und her, bis sie endlich in einen unruhigen Schlaf voll wirrer Träume fiel.

Marie stöhnte. Das Summen wurde zum Brummen und dann zu einem Stampfen, das immer lauter und lauter wurde. Unerträglich laut. Marie riss die Augen auf. Undurchdringliche Schwärze umgab sie. Sie fuhr hoch und spürte eine weiche Masse über Gesicht und Oberkörper gleiten, die ihr kurz danach in den Schoß fiel. Entsetzt starrte sie nach unten. Sie sah auf ihr Kopfkissen.

Neben ihr jammerte Franzi. »Mach doch endlich einer das Fenster zu!«

Marie konnte von ihrer Freundin nur ein Büschel roter Haare unter dem Kissen ausmachen, das sie sich über den Kopf gezogen hatte. Marie lächelte schwach. Genau dasselbe musste sie vorhin auch im Halbschlaf getan haben.

Aber gegen den Baulärm draußen vor dem Haus half das nur wenig. Wie zur Bestätigung setzte das Gewummer eines Presslufthammers ein. Marie sah auf ihr Handy. »Es ist 6:30 Uhr!«, rief sie ärgerlich. »Und dabei hätten wir heute Vormittag einmal ausschlafen können!«

Kim sprang zum Fenster und schloss es. Sofort wurde der Lärm ein wenig gedämpft. Gähnend streckte sie sich. »Dass die so früh anfangen müssen, ist echt die Pest! Ausgerechnet heute habe ich total schlecht geschlafen. Ich bin völlig gerädert.« Dann fiel ihr plötzlich ihre nächtliche Aktion ein. Sollte sie Marie und Franzi darüber berichten?

Vom Hochbett ertönte Maries nörgelnde Stimme. »Ich sehe bestimmt fürch-ter-lich aus!«

»Und ich *fühle* mich fürchterlich«, antwortete Kim genervt. Seufzend kletterte Franzi vom Hochbett. »Ich jogge jetzt erst mal zum Bäcker und hole uns ein paar frische Brötchen fürs Frühstück. Bis ich zurück bin, habt ihr beiden hoffentlich bessere Laune.« Sie schlüpfte schnell in ihre rote Sportkombi, strubbelte sich kurz durch die Haare und schnappte ihren Geldbeutel vom Tisch.

Marie sah ihrer Freundin halb zweifelnd, halb bewundernd nach. Sie selbst würde sich morgens niemals, ohne geduscht und gestylt zu sein, auf die Straße wagen. Das war das Stichwort: Marie beschloss, die Zeit, bis Franzi mit dem Frühstück zurückkehren würde, mit einer ausgiebigen heißen Dusche zu überbrücken. Wenn sie schon einmal so früh wach war, konnte sie sich auch gleich ein Ganzkörperpeeling und eine Haarkur gönnen. »Ich spring schon mal unter die Dusche«, rief sie Kim zu.

»Hm«, machte ihre Freundin nur. Sie hatte es sich wieder auf der Schlafcouch gemütlich gemacht und war in ihren Krimi vertieft.

Als Marie gerade ihr Haar trocken rubbelte, bemerkte sie, dass der Baulärm vor dem Haus zum Schweigen gekommen war. Dafür hörte sie jetzt einen Mann lautstark schimpfen. Sie zog sich schnell ihren Bademantel an und lief zu Kim ins Wohnzimmer. Die hatte bereits das Fenster zur Straße geöffnet und sah nach draußen. Marie stützte sich neben Kim auf das Fensterbrett.

Da unten stand Franzi mit dem Hausmeister, Lotte und einer weiteren Bewohnerin. Sie hatte den schwarzen Labrador an der Leine, der Kim in der ersten Nacht so erschreckt hatte. Er schnupperte schwanzwedelnd an der Brötchentüte, die Franzi in der Hand hielt. Aber Franzi beachtete den Hund gar nicht. – Kein Wunder. Der alte Hausmeister brüllte gerade auf sie und Lotte ein. »Ich werde Sie anzeigen, Frau Maurer. Mir reicht es endgültig mit Ihren ständig wechselnden, randalierenden Gästen.«

»Jetzt regen Sie sich doch nicht so auf, Herr Haller«, versuchte Lotte den alten Mann zu beschwichtigen.

Ungerührt fuhr er fort: »Was habt ihr denn letzte Nacht veranstaltet?«

»Wie meinen Sie das, Herr Haller?«, hörten Kim und Marie ihre Freundin erschrocken fragen.

»Ihr habt wohl vergessen, dass ich auch im Hochparterre wohne! Das war doch bestimmt eure Stereoanlage, die mein ganzes Schlafzimmer zum Erzittern gebracht hat«, zischte der Hausmeister.

»Das … das waren wir nicht!«, antwortete Franzi stotternd. »Wir hatten zwar den Fernseher an, der war aber überhaupt nicht laut gestellt.«

»Ach was, alles Lüge. Die Teenager von heute sind doch das Allerletzte«, stieß der alte Mann hervor und stürmte an Franzi vorbei in Richtung Haustür.

»Was ist denn in den gefahren?«, fragte Lotte und schüttelte den Kopf.

71

Der Presslufthammer setzte wieder ein. Kim und Marie sahen, dass sich Franzi noch kurz mit den beiden Frauen unterhielt und dann mit Lotte zusammen ins Haus ging.

»Na, der Tag fängt ja gut an«, rief Marie und stellte drei Teller und Besteck auf den Tisch.

Franzi atmete hörbar aus. »Der spinnt doch, dieser blöde Hausmeister. Aber ich habe interessante Details erfahren!« Sie warf ein Päckchen Butter auf den Tisch, stellte ein Glas Schokocreme daneben und leerte den Inhalt der Papiertüte in den Brötchenkorb. »*Schrippen* heißt das hier übrigens, falls ihr auch mal in die Verlegenheit kommen solltet, fürs Frühstück sorgen zu wollen.«

»Aha«, machte Kim, die gerade mit einer Kanne Tee aus der Küche kam. »Mich interessiert aber ehrlich gesagt mehr, was du gerade gehört hast.«

Franzi ließ sich auf einen Stuhl fallen und öffnete ihre Trainingsjacke. »Puh, ist das warm. Ihr hättet vorhin ja auch mal eingreifen können. Hängt wie zwei Spione im Fenster und lasst mich allein mit diesem Idioten herumdiskutieren. Echt unmöglich!«

»Du warst ja gar nicht allein«, sagte Marie ungerührt. »Jetzt erzähl schon, was gibt's Neues?«

»Gestern Nachmittag war schon wieder der Strom weg, und die eine Frau saß in der Waschküche plötzlich im Dunkeln. Sie hat sich zu Tode erschreckt. Und sie hat auch ein komisches Zittern an der Wand bemerkt! Es ist jetzt das siebte Mal in diesem Jahr, dass eine Baustelle direkt vor dem Haus eröffnet wird. Es sieht langsam nach Schikane aus, meint sie.«

Kim schnitt ein Brötchen auf und schmierte Schokocreme darauf. Nachdenklich hielt sie es in der Hand.

»Was ist denn mit dir los«, rief Franzi erstaunt. »Hast du keinen Appetit?«

Kim sah sie ernst an. »Ich war gestern Nacht noch mal unten im Keller.«

Marie riss die Augen auf. »Wie bitte?«

»Das Brummen an der Wand hat mir keine Ruhe gelassen. Und ihr beiden habt geschlafen wie die Murmeltiere …«

»Das ist natürlich ein Grund, sich mitten in der Nacht alleine in einem fremden Haus in einer fremden Stadt auf den Weg zu machen«, unterbrach Marie sie. »Und seltsamen Geräuschen im Keller nachzugehen. Kim Jülich, sonst geht's dir noch gut, oder?«, zischte sie wütend.

»Du hättest uns doch wecken können«, sagte Franzi leise.

»Das ist richtig«, gab Kim zerknirscht zu. »Dann hätten wir auch eine Chance gehabt, die beiden verdächtigen Subjekte zu verfolgen, die sich beim Haus zu schaffen gemacht haben. Alleine habe ich mich nicht getraut.«

Marie und Franzi starrten ihre Freundin mit offenen Mündern an.

»Was? Da war jemand am Haus?«, fragte Franzi.

Kim erzählte von ihrer unheimlichen Beobachtung.

Franzi war sofort Feuer und Flamme. »Wir müssen nachsehen, ob es Spuren gibt. Haben wir unser Set dabei?«

»Nein.« Kim schüttelte den Kopf. Mit einem vorwurfsvollen Blick in Richtung Marie setzte sie hinzu: »Ein Mitglied unseres Detektivclubs meinte, dass wir das in Berlin garantiert nicht brauchen werden.«

Marie zuckte mit den Schultern. »Etwas Gips und eine Plastikschale zum Anrühren wird man hier wohl noch kaufen können. Aber wo wollt ihr jetzt noch Spuren suchen? Wenn da gestern Nacht mal welche waren, haben sie die Baufahrzeuge heute Morgen sowieso alle zerstört.«

Kim nickte betroffen. »Ich fürchte, da hast du recht.«

»Wie auch immer.« Franzi wippte ungeduldig mit dem Bein. »Es wird höchste Zeit, Lotte Maurer einen Besuch abzustatten. Sie kann uns vielleicht mehr darüber erzählen, was hier in den letzten Monaten los war.«

Marie seufzte. »Ich wollte mich heute Vormittag in aller Ruhe mental auf die Probe am Nachmittag einstellen.«

Kim nickte. »Marie, ich weiß, wie wichtig dir das Theaterfestival ist. Aber hier ereignen sich so seltsame Dinge, dass *Die drei !!!* einfach in Aktion treten müssen. Lass uns für eine Stunde mit Lotte reden, dann bleibt dir immer noch genügend Zeit.«

Marie überlegte einen Moment. »Na gut, ihr habt recht. Wir sind schließlich ein Team.« Sie lächelte ihre Freundinnen an. »Aber zuerst brauche ich eine Extraportion Energie!«

Franzi schob ihr den Brötchenkorb und die Schokocreme hin. »Hau rein!«

Marie schüttelte den Kopf. »Habt ihr denn alles vergessen?« Sie streckte lachend ihre Hand aus und wartete.

Jetzt verstanden Kim und Franzi: der Powerspruch!

Beide streckten ebenfalls ihre Hände aus. Dann riefen sie im Chor: »Die drei !!!.« Marie sagte feierlich: »Eins!«, Franzi »Zwei!«, Kim »Drei!«. Zum Schluss hoben sie gleichzeitig ihre Hände und riefen aus vollen Kehlen: »POWER!!!«

74

Zeugenbefragung

Franzi drückte auf den Klingelknopf unter dem Messingschild mit dem Schriftzug »Lotte Maurer«. Es gab einen lauten Knall, dem ein Funkenschlag folgte. Franzi sprang erschrocken zurück. Ein dünner Rauchfaden stieg auf. »Hast du dir wehgetan?«, wollte Marie besorgt wissen.

Franzi schüttelte den Kopf. »Das war wohl doch ein bisschen zu viel Energie vorhin«, sagte sie mit einem schiefen Lächeln.

»Mir wird es hier langsam echt unheimlich«, meinte Kim mit gerunzelter Stirn.

Franzi nahm ihren Mut zusammen und legte ihren Finger erneut auf die Klingel. Nichts tat sich. »Offensichtlich gab es einen Kurzschluss«, murmelte sie und klopfte an die Tür.

Eine halbe Minute später öffnete Lotte und sah sie erstaunt an. »Hallo, ihr drei! Warum habt ihr denn nicht geklingelt?«

»Die Klingel ist kaputt. Es gab wohl einen Kurzschluss«, antwortete Kim.

»Was? Das passiert aber oft in der letzten Zeit. Das muss Herr Haller sich endlich mal ansehen. Gibt es ein Problem, braucht ihr etwas?«

Die drei schüttelten die Köpfe. »Nein, vielen Dank, es ist alles wunderbar«, sagte Kim. »Wir haben nur ein paar Fragen. Hättest du kurz Zeit?«

Lotte warf einen Blick auf die große vergoldete Kuckucksuhr, die hinter ihr an der Wand im Flur hing. »Um 11 Uhr kommt ein Schauspielschüler, aber bis dahin können wir gerne reden. Kommt doch rein.«

Sie betraten den Flur. Kim betrachtete im Vorbeigehen interessiert die Uhr. »Die würde meinem Vater bestimmt gefallen!«, stellte sie fest.

Kims Vater war Uhrmacher und baute in seiner Freizeit leidenschaftlich gerne Kuckucksuhren. Dabei verdrückte er jede Menge Gummibärchen und Schokolade. Kim musste lächeln. Immer wenn sie ihren Vater in seinem Bastelschuppen besuchte, wurde sie daran erinnert, woher sie ihre Vorliebe für Süßigkeiten hatte.

Lotte führte sie in einen Salon, der mit einem flauschigen, dunkelroten Teppich ausgelegt war. An den Fenstern bauschten sich rote Samtvorhänge und die Wände waren dicht an dicht mit Fotos berühmter Schauspieler und Bühnenaufnahmen bedeckt.

»Setzt euch doch.« Lotte deutete auf ein Sofa, das direkt aus dem *Café Sorgenfrei* zu stammen schien: Es war knallrot, hatte die Form eines Kussmundes und war über und über mit bunten Kissen bedeckt. »Möchtet ihr eine eisgekühlte Limonade?«

Die drei !!! nickten dankbar. Marie ließ sich in die Polster fallen.

Lotte lächelte und verschwand in der Küche.

Kim und Franzi blieben stehen und ließen die außergewöhnliche Einrichtung auf sich wirken. Überall standen und lagen alte Requisiten herum.

»Eben eine echte alte Theaterschauspielerin«, meinte Marie fachmännisch. Sie rekelte sich in den Kussmund.

Lotte kam zurück und stellte ein Tablett mit einem Limonadenkrug und vier Gläsern auf den Beistelltisch.

Sie schenkte ein. »So, was wollt ihr denn von mir wissen?«

Marie richtete sich auf und tastete irritiert nach hinten. Als sie ihren Arm unter dem Kissen hervorzog, hielt sie etwas in der Hand. Im selben Moment kreischte Kim los: »Ein Totenschädel!«

Marie starrte ungläubig auf den Kopf in ihrer Hand. Dann ließ sie ihn fallen, als hätte er ihr einen 1000-Volt-Stoß verpasst. Mit einem dumpfen Poltern kullerte der Schädel über den Teppich.

Franzi stand wie zur Salzsäule erstarrt da.

Lotte lachte laut los. »Ach, da ist Willy, ich habe ihn schon lange gesucht!«

Verständnislos sahen die drei !!! sie an. Lotte hob den Totenkopf auf und setzte sich neben Marie. »Keine Panik. Der ist nicht echt.« Sie tätschelte den Plastikschädel. »Eine Requisite aus der Aufführung von *Hamlet* von 1985 hier am Schillertheater. Kennt ihr die Tragödie von William Shakespeare?«

Marie atmete auf. »Ja, die Totengräber-Szene …«, sagte sie.

»Genau. Du weißt gut Bescheid«, stellte Lotte anerkennend fest. »Man kann nicht früh genug anfangen, wenn man Karriere machen will.«

Kim und Franzi entspannten sich nur langsam.

Marie dagegen erholte sich schnell von ihrem Schrecken.

»Wir sind eigentlich hier«, begann sie und nahm einen

Schluck von ihrem Limonadenglas, »weil wir uns Gedanken über diese seltsamen Stromausfälle machen. Eine der Hausbewohnerinnen hat den Verdacht geäußert, dass man euch vertreiben will, um anschließend alles zu sanieren und Luxuswohnungen einzurichten, die dann teuer verkauft werden.«

Lotte legte den Totenschädel zur Seite und griff nach einem Glas. Sie seufzte. »Das passiert hier leider wirklich immer häufiger.« Sie trank einen Schluck. »Wilmersdorf ist eine beliebte Gegend, weil es so nah zur City liegt und trotzdem einen ganz eigenen Charakter hat.«

Die drei !!! lauschten interessiert.

»Der Hausbesitzer hat mir vor einiger Zeit eine hohe Summe dafür geboten, dass ich hier ausziehe und außerdem die Gästewohnungen aufgebe.«

Franzi machte große Augen. »Und, was hast du gesagt?«

»Ich habe natürlich abgelehnt. Die anderen Bewohner übrigens auch. Ich wohne seit 67 Jahren hier. Ich bin hier geboren. Schon meine Mutter hat an Gäste vermietet. Woanders würde ich niemals so günstige Mietverträge bekommen.«

Kim machte eine Notiz in das Heft, das sie als Detektivtagebuch für unterwegs benutzte.

Lotte sah sie aufmerksam an. »Ihr tretet ja richtig professionell auf. Fast wie Detektive.«

Die drei Mädchen nickten. »Wir haben vor einiger Zeit tatsächlich ein Detektivunternehmen gegründet«, sagte Marie und zog eine ihrer Visitenkarten hervor. Sie reichte sie Lotte.

»Und wir sind sehr erfolgreich«, ergänzte Kim stolz.

»Alle Achtung!«, rief Lotte. Sie las, was auf der Karte stand. »Es ist klug, dass ihr euch nicht nur auf die Schauspielerei konzentriert.« Sie seufzte. »Der Nachwuchs hat es heutzutage schwer, Engagements zu bekommen. Und wenn man älter wird, kann es schnell wieder damit vorbei sein.« Lotte sah wehmütig auf ein Bild an der Wand, das sie als junge Schauspielerin zeigte.

Schnell lenkte Marie sie wieder auf ihr Thema. »Es könnte doch sein, dass der Hausbesitzer nun auf anderem Wege versucht, die Mieter loszuwerden.«

Lotte sah sie verunsichert an.

Kim schaltete sich ein. »Letzte Nacht habe ich zwei Männer vor dem Haus beobachtet, die sich auffällig verhalten haben.« Lotte sah Kim alarmiert an. »Du solltest nachts hier nicht alleine durch die Gegend laufen. Es ist zwar ziemlich sicher hier. Aber trotzdem. Ein paar Betrunkene von den Kneipen in der Nebenstraße laufen hier immer wieder mal rum und …«

»Die waren bestimmt nicht betrunken«, warf Kim ein.

Lotte schüttelte den Kopf. »Ich kenne den Hausbesitzer schon sehr lange. Ihm gehören zahlreiche andere Immobilien in Berlin. Ich glaube nicht, dass er es nötig hat, ausgerechnet dieses Haus zu verkaufen und noch dazu kriminelle Mittel anzuwenden.« Kim schrieb mit. »Natürlich geschehen hier seit Monaten komische Dinge«, fuhr Lotte fort. »Aber die Strom- und Wasserleitungen sind zum Teil über 80 Jahre alt. Da ist es kein Wunder, wenn eines Tages gehäuft Reparaturen …« Ein lautes Klopfen an der Wohnungstür unterbrach sie. »Das wird mein Schauspielschüler sein. Ihr müsst mich jetzt entschuldigen.«

Kim trank ihr Glas aus. »Ja klar. Vielen Dank noch mal, dass du dir Zeit für uns genommen hast.«

Lotte lächelte. »Gern geschehen.«

»Wenn dir irgendetwas auffällt, kannst du uns jederzeit anrufen«, setzte Franzi hinzu.

»Mach ich bestimmt. Und, bitte, passt auf euch auf!«

Lotte brachte die drei !!! zur Tür und ließ einen Jungen herein. Er war vielleicht 17 oder 18 Jahre alt, hatte ein paar Inliner über der Schulter baumeln und ein Textbuch in der Hand.

»Gute Wahl!«, entfuhr es Franzi im Vorbeigehen.

Der Junge sah auf sein Textheft, dann auf Franzi. »Du kennst das Stück?«

»Nein. Ich meine die Inliner. Die Marke will ich mir demnächst auch zulegen!«

Ein breites Grinsen erschien auf seinem Gesicht. »Dann sollten wir mal eine Runde gemeinsam drehen.«

Franzi beeilte sich, zur Treppe zu kommen. »Ich bin leider

80

nur auf der Durchreise hier«, rief sie und hoffte, dass keiner mitbekam, wie sie bis unter die Haarwurzeln rot wurde. Der Typ sah aber auch zu süß aus!

»Schade«, hörte sie ihn noch rufen, dann schloss sich die Tür zu Lottes Wohnung.

Als Nächstes hörte sie nur noch das schallende Gelächter von Kim und Marie.

Auf dem Weg zum Theater alberten die beiden herum und zogen Franzi auf. »Er sieht aus wie Benni in ungefähr drei Jahren«, meinte Kim grinsend.

»Auch Franzi scheint in letzter Zeit auf reifere Jungs zu stehen«, stichelte Marie weiter.

»Könnt ihr endlich mal damit aufhören?«, entfuhr es Franzi. Sie sah ihre Freundinnen genervt an.

»Schon gut«, besänftigte sie Kim.

Franzi kickte ein Steinchen zur Seite. »Gibt es euch gar nicht zu denken, was Lotte eben erzählt hat?«

Kim sah sie an. »Ich weiß, was du meinst. Sie hat unseren Verdacht nicht gerade bestätigt.«

»Ich habe trotzdem ein komisches Gefühl. Irgendwas stimmt doch mit diesem Haus nicht!« Franzi ballte die Hände in ihren Hosentaschen zu Fäusten. »Wir sollten heute Abend nach der Probe den Keller noch mal gemeinsam unter die Lupe nehmen. Vielleicht hat Kim etwas Wichtiges übersehen.«

Kim nickte. »Die verschlossene Eisentür zum Beispiel lässt mir keine Ruhe.«

»Also abgemacht: Heute Abend wird nachgeforscht.«

»Aber jetzt gibt es erst mal einen anderen Einsatz«, murmelte Marie. Das Theater lag vor ihnen. »Das ist die zweite von nur drei Proben bis zur Aufführung. Strengt euch an!«

Sie waren extra eine halbe Stunde vor dem Probenbeginn gekommen, damit sich Kim um die Kostüme kümmern und Franzi sich die Aufzeichnungen zur Lichtführung nochmals ansehen konnte. Schweigend betraten sie das Theater. »Hoffentlich geht heute alles gut«, seufzte Marie, als sie in die Garderobe ging.

Zwei Stunden später klatschte Walter in die Hände und hielt beide Daumen nach oben gestreckt. »Adrian, Lola – ihr wart perfekt! Und alle anderen auf und hinter der Bühne auch!«

Franzi strahlte mit den Scheinwerfern, die sie dieses Mal super im Griff gehabt hatte, um die Wette.

Zwanzig Minuten später packte Kim erleichtert die Kostüme für die Reinigung ein. Sie hatte jedem Schauspieler zu Beginn das richtige Kostüm hingehängt und sogar noch an dem grauen Anzug, den Adrian tragen musste, einen Knopf angenäht. Das mit dem Schminken bei der morgigen Probe würde sie auch noch hinbekommen.

Marie saß mit Adrian, Lola und Sylvie, die extra gekommen war, um sich die Probe anzusehen, im Foyer und wartete auf ihre Freundinnen. Sie war immer noch sauer auf Adrian. Aber der gelungene Verlauf der Probe hatte sie beflügelt und machte ihr so gute Laune, dass sie ihn trotzdem anstrahlte.

Adrian schenkte ihr ein Lächeln. »Das hat richtig Spaß gemacht. Wenn wir am Freitag auch so gut sind wie heute, kriegen wir bestimmt den ersten Preis!«

»Ja, ihr seid wirklich gut«, meinte Sylvie.

»Danke, danke!«, rief Lola sofort. Sie zog die große Schild-patt-Spange aus ihrem Haar und schüttelte ihre glänzende Mähne. »Ihr habt euch wirklich schnell eingearbeitet. Franzi kann nicht nur Leute aus Aufzügen befreien, sie setzt sie hinterher sogar gekonnt ins rechte Licht, haha.«

Keiner lachte, aber Lola fuhr unbeirrt fort: »Und Marie, für deine 14 Jahre hast du wirklich eine tolle Präsenz.«

Sylvie sah überrascht auf Marie. »So jung bist du? Das hätte ich nicht gedacht. Du hast großes Talent!«

Marie lächelte. Vielleicht war diese Sylvie doch nicht so unsympathisch …

Franzi und Kim kamen um die Ecke. Kim hatte sich den Sack mit den Kleidern über die Schulter geworfen. »Ich bin dann so weit. Die Reinigung liegt auf unserem Weg, wir können los.«

»Sagt mal, habt ihr Lust, heute Abend zu mir zum Essen zu kommen?«, fragte Sylvie plötzlich in die Runde.

Adrian nickte sofort begeistert. Marie fühlte einen kleinen Stich in ihrem Herzen.

Lola winkte ab. »Danke dir, das ist sehr nett. Aber ich bin schon verabredet.«

»Was ist mit euch?« Sylvie sah die drei !!! an.

»Also«, begann Marie und überlegte fieberhaft, wie sie erklären sollte, dass sie auch eine Verabredung hatten – nämlich mit einem düsteren Keller in einem Haus, in dem es nicht mit rechten Dingen zuging …

»Wir kommen gerne!«, hörte sie sich sagen.

Franzi schüttelte den Kopf und Kim verdrehte die Augen.

Sylvie bemerkte es nicht. Sie lachte Marie zu. »Prima, dann um acht bei mir, okay?« Sie erklärte ihnen noch den Weg und verabschiedete sich dann.

»Spinnst du eigentlich?« Franzi funkelte Marie wütend an. »Wir hatten heute Abend vor, unseren Fall weiter voranzutreiben. Warum hast du einfach die Einladung angenommen? Doch bloß, weil Adrian dabei ist. Gib es zu!«

Marie tat, als würde sie angestrengt ein Plakat studieren, das im Schaufenster der Reinigung angebracht war, vor der sie auf Kim warteten. »Sieh mal, die bieten Führungen durch Berliner Geisterbahnhöfe und Tunnel an.« Sie hatte jetzt keine Lust, mit Franzi zu diskutieren. Vielleicht wollte sie dieser Sylvie wirklich nicht freie Bahn bei Adrian lassen. Sie wusste es ja selbst nicht genau.

»Lenk doch nicht ab!« Franzi war stocksauer.

Marie seufzte. »Ich fand es einfach unhöflich, die Einladung abzulehnen.« Sie verschränkte die Arme vor der Brust.

In diesem Moment trat Kim aus dem Laden. »Super, ich kann die Sachen morgen Mittag abholen.«

»Jetzt sag doch auch mal was«, herrschte Franzi sie an.

Kim zuckte mit den Schultern. »Toll fand ich es auch nicht, dass Marie einfach über unsere Köpfe entschieden hat.« Sie legte einen Arm um Franzi. »Aber der Keller läuft uns doch nicht weg. Wir können heute Nacht immer noch hin. Und als Ortskundige kann uns Sylvie vielleicht Informationen zur Siedlung, in der unser Haus steht, geben. Außerdem …«, sie fuhr sich mit der Zunge über die Lippen, »gibt es bestimmt was Leckeres zu essen.«

Jetzt musste Franzi doch grinsen. »Ach Kim, dass ich daran nicht gedacht habe! Ich gebe mich geschlagen.«

Als sie in der Wohnung angekommen waren, begab sich Marie sofort ins Bad und danach zu ihrem Koffer, um das passende Outfit für den Abend zusammenzustellen.

Kim und Franzi nutzten die Zeit, um die Wände zu untersuchen.

»Hier ist nichts«, sagte Kim und fuhr fort, mit den Fingerknöcheln die Wand hinter der Couch abzuklopfen. »Aber hier«, rief sie plötzlich aufgeregt, »scheint ein Hohlraum zu sein!«

»Hier auch«, rief Franzi von der anderen Seite zurück.

Sie klopften weiter und fanden nahezu an jeder Wand eine Stelle, an der ein Schacht verlief.

»Das ist typisch für Altbauten«, erklärte Marie ungerührt, als sie nach einer Stunde top gestylt im Zimmer stand. Sie wusste, wovon sie sprach. Sie bewohnte mit ihrem Vater eine Luxus-Altbauwohnung mitten in ihrer Stadt.

Ein intensiver Maiglöckchenduft breitete sich aus. Franzi rümpfte die Nase. »Ich weiß nicht, wie du das aushältst. Von diesem Geruch bekomme ich sofort Kopfschmerzen.«

»*Duft* heißt das«, bemerkte Marie gelassen. »Und *mich* beflügelt er. Du kannst ja Abstand halten.« Bevor Franzi etwas erwidern konnte, fuhr Marie fort: »Es gab früher in den alten Wohnungen in jedem Raum einen Ofen und einen entsprechenden Kaminabzug hoch zum Dach. Als man Zentralheizungen eingebaut hat, sind diese Schächte unnütz geworden. Man hat sie einfach mit Platten abgedeckt und mit Tape-

85

ten überklebt. Du kannst hier bestimmt in jedem Raum im ganzen Haus eine hohle Stelle finden. Das muss überhaupt nichts bedeuten.«

Es klingelte.

»Adrian wartet, kommt schon«, rief Marie.

Franzi folgte ihr widerwillig. Nur mit Mühe konnte sie ihre große Enttäuschung verbergen.

»Vielleicht finden wir heute Nacht eine andere Spur«, sagte Kim mitfühlend und hängte sich bei Franzi ein.

Erschreckende Neuigkeiten

Sylvie öffnete ihnen mit einem strahlenden Lächeln die Tür. Sie trug ein weit ausgeschnittenes Top und enge hellblaue Jeans. Ihre kurzen blonden Haare hatte sie mit Gel konturiert. »Hereinspaziert, schön, dass ihr gekommen seid!«
Adrian lächelte und begrüßte Sylvie mit Küsschen rechts und links. »Vielen Dank für die Einladung!« Er überreichte ihr den Blumenstrauß, den er vorhin auf dem Weg zur U-Bahn-Station gekauft hatte.
»Der ist wunderschön. Danke!«, rief Sylvie und nahm die Blumen entgegen.
Adrian lachte Sylvie an. Marie kniff die Augen zusammen.
»Hallo, Marie, hallo, Kim und Franzi. Schön, dass ihr da seid.«
Kim und Franzi traten ein. Marie folgte mit hängenden Schultern.
Sylvie führte sie einen langen Flur entlang, in dem großformatige Abzüge von Schwarz-Weiß-Fotos hingen.
»Tolle Bilder«, sagte Adrian anerkennend. »Selbst gemacht?«
»Ja«, antwortete Sylvie und bedeutete ihnen, ihr weiter zu folgen.
Sie betraten eine große gemütliche Wohnküche. Ein dunkelhaariger Mann in Jeans und weißem Hemd, das er lässig über der Hose trug, stand am Herd. Er röstete etwas in einer Pfanne. Ein köstlicher Duft durchzog die Küche.
»Die Fotos sind von Sven«, erklärte Sylvie, während sie an der Spüle Wasser in eine Glasvase laufen ließ. Sie stellte die Blumen hinein und trug die Vase zum Tisch am Fenster. Dann

lief sie zum Herd und schmiegte sich an den Mann. »Er kann aber nicht nur fotografieren. Er kann auch fantastisch kochen!« Sie gab Sven einen Kuss auf den Mund.

»Hi«, sagte Sven fröhlich. »Ich hoffe, ihr mögt Auberginenauflauf?«

»Echt gerne«, brachte Adrian lahm hervor.

»Ich liebe Auberginenauflauf!«, rief Marie. Ihre Laune hatte sich schlagartig gebessert.

»Setzt euch doch«, sagte Sylvie. »Ich habe uns als Aperitif einen Holunderblütencocktail mit frischer Pfefferminze gemixt.« Sie brachte ein Tablett mit den Gläsern zum Tisch.

Adrian bedankte sich mit leiser Stimme und nahm eines der Gläser. Marie zwinkerte Franzi zu. Es war offensichtlich, dass er schwer damit zu kämpfen hatte, dass Sylvie einen Freund hatte. Sie prosteten sich zu.

Sven kam mit dem Auflauf, den er noch mit gerösteten Pinienkernen und frischen Basilikumblättern bestreut hatte.

»Wahnsinn!«, sagte Marie, als sie die erste Gabel probiert hatte. »Ich brauche unbedingt das Rezept für meinen Vater! Auberginenauflauf ist seine Spezialität. Aber so fantastisch hat es mir bei ihm noch nie geschmeckt.«

»Danke! Das Rezept gebe ich dir nachher gerne mit«, sagte Sven.

»Marie und Adrian führen mit ihrer Truppe die *Geschlossene Gesellschaft* auf«, fing Sylvie jetzt an. »Du musst am Freitagabend unbedingt mit zur Aufführung kommen. Ich habe selten eine so gute Inszenierung mit so ausdrucksstarken Schauspielern gesehen.«

Sven nickte. »Ja klar, das würde ich mir gerne ansehen. Ich

habe am späten Nachmittag noch eine Arbeitssitzung in der Architektenkammer, aber das sollte ich schaffen.«

»Bist du Architekt?«, frage Kim interessiert.

»Ich studiere noch. Aber ich mache gerade ein Praktikum beim Tiefbauamt«, antwortete Sven. Er hielt fragend einen großen Servierlöffel mit einer weiteren Portion Auflauf in ihre Richtung.

»Ja, gerne.« Kim hielt ihm ihren Teller hin. »Wirklich superlecker!«

»Gibt es hier in Berlin eigentlich viele Fälle von Immobilienhaien?«, platzte Franzi plötzlich heraus.

Sven sah sie erstaunt an. »Warum willst du das denn wissen?«

Franzi stocherte auf ihrem Teller einem Pinienkern hinterher. »Wir sind in einem Haus untergebracht, in dem es öfters Stromausfälle gibt und auch sonst merkwürdig zugeht. Der Aufzug bleibt stecken, oder Leute sind plötzlich in der stockdunklen Waschküche eingeschlossen und stehen Todesängste aus. Außerdem werden die Bewohner mit ständigen Baustellen vorm Haus schikaniert. Einige meinten, dass es aussieht, als sollten sie aus dem Haus vertrieben werden.«

»Das ist mir gar nicht aufgefallen«, warf Adrian ein. Aber keiner beachtete ihn.

Sven sah Franzi ernst an. »Klar gibt es hier solche Leute. Wie in vielen anderen Großstädten auch. Vor über zehn Jahren gab es mal einen krassen Fall in Düsseldorf. Da hat ein Hausbesitzer eine Gasexplosion in seinem Mehrfamilienhaus verursacht. Dabei ist nur durch außerordentlich glückliche Umstände niemand verletzt worden oder gar zu Tode gekommen: Die Mieter hatten gerade ihr Hausfest im Garten gefeiert und keiner war im Haus. Der Typ ist natürlich verurteilt worden und lebenslänglich ins Gefängnis gegangen. Laut Urteil wollte der Hausbesitzer seine Mieter, die sich gegen eine Sanierung stellten, loswerden und in dem Gebäude Luxuswohnungen errichten.«

Franzi schluckte. »Das ist ja schrecklich!« Auch Kim und Marie waren blass.

»Angeblich hatte der Besitzer nur eine leichte Verpuffung geplant, die den Mietern klarmachen sollte, wie nötig eine Sanierung des alten Hauses war. Er hat einen Ballon über das Gasrohr im Keller gestülpt und eine Kerze aufgestellt. Der Ballon sollte platzen, sodass eine Verpuffung stattfindet. Die sollte nur die Kellerwände beschädigen.« Sven zog die Augenbrauen hoch. »Aber das ist gründlich danebengegangen.« Alle schwiegen betroffen.

»So was ist aber die Ausnahme«, fuhr Sven fort. »Es gibt auch andere Methoden, um Mieter loszuwerden. Dazu gehören in der Tat Schikanen, wie du sie geschildert hast.«

Franzi runzelte die Stirn. »Und was kann man dagegen unternehmen?«

»Du musst erst mal beweisen können, dass ein Hausbesitzer ein Haus bewusst verkommen lässt, um Mieter zu vertreiben. Oder dass er unnötige Reparaturen machen lässt, deren Durchführung die Mieter auf Dauer extrem belästigt. Beides ist sehr schwer nachzuweisen.«

Franzi nickte nachdenklich.

Kim räusperte sich. »Ich habe letzte Nacht zwei Typen vor unserem Haus gesehen. Der eine hat was von ›Bald ist es so weit‹ gesagt.«

90

»Du meinst …« Marie sprach nicht weiter. Aber alle wussten, was sie gerade dachte.

Sylvie sah ihren Freund beunruhigt an.

»Das in Düsseldorf war besonders schlimm. So etwas wiederholt sich nicht so schnell. Keiner muss deswegen in Panik verfallen«, meinte er schließlich. »Trotzdem solltet ihr mit jemandem aus dem Haus sprechen. Vielleicht kann der Hausmeister mal nachsehen, ob mit den Gasleitungen alles in Ordnung ist.«

»Ausgerechnet der Hausmeister«, sagte Kim und seufzte. »Den finde ich nicht sehr vertrauenerweckend. Vielleicht reden wir noch mal mit Lotte, was meint ihr?«

Marie und Franzi nickten heftig. »Das machen wir gleich morgen!«, rief Franzi.

Sylvie schenkte Wasser nach. »Ich habe den Eindruck, dass ihr wirklich sehr wachsam seid.« Sie stellte die Karaffe ab. »Das kommt bei den Leuten in der Theaterbranche selten vor. Da laufen fast nur Egozentriker herum, die außer sich selbst nichts und niemanden wahrnehmen.« Sie lächelte Sven an. »Bin ich froh, dass ich mit einem Architekten zusammen bin.«

Adrian kratzte mit gesenktem Kopf konzentriert die letzten Reste auf seinem Teller zusammen. Marie stellte befriedigt fest, dass er ziemlich angespannt wirkte.

»Wir haben seit einiger Zeit einen Detektivclub«, sagte Franzi. »Da gewöhnt man sich ganz schnell daran, genau zu beobachten. Egal wo man ist.«

»Ein Detektivclub?« Sylvie beugte sich interessiert vor und stützte einen Ellbogen auf den Tisch. »Als kleines Mädchen habe ich auch immer Detektiv gespielt …«

»Wir *spielen* nicht«, unterbrach Kim sie sanft, aber bestimmt. »Wir gehen sehr ernsten Delikten nach und arbeiten zum Teil eng mit der Polizei zusammen.«

»Es sind auch schon einige Zeitungsartikel über uns erschienen«, ergänzte Marie. Sie genoss die erstaunten Blicke von Sven und Sylvie.

»Das ist wirklich beeindruckend!«, sagte Sylvie. »Was war denn bisher eure gefährlichste Ermittlung?«

Kim und Franzi sahen Marie an. Kim war diejenige, die jeden ihrer Fälle ordentlich in das Detektivtagebuch protokollierte. Aber Marie konnte eindeutig am besten erzählen.

»Fang du an«, sagte Kim daher grinsend zu Marie.

Und die ließ sich nicht lange bitten.

Detektivtagebuch von Kim Jülich
Donnerstag, 0:20 Uhr

Meine Mutter würde kein Auge zumachen, wenn sie wüsste, zu welchen Uhrzeiten wir hier ins Bett gehen ;-).

Wir können alle noch nicht schlafen. Ich habe mich daher entschieden, noch ins Detektivtagebuch zu schreiben, während Franzi und Marie Gymnastik machen.

Morgen Vormittag wollen wir uns die Probe von Sylvies Gruppe ansehen. Aber die fangen Gott sei Dank erst um 11:00 Uhr an. Im Anschluss sind wir dran.

Wir haben einen ausgesprochen interessanten Abend bei Sylvie und ihrem Freund verbracht. Schade, dass Adrian nach dem Essen ziemlich schnell verschwunden ist. Zuerst hat er sich noch mit Sven und mir über die Fotografien im Flur unterhalten.

Aber dann hat er es plötzlich eilig gehabt. Angeblich musste er sich noch mit Walter treffen, um letzte Dinge für die Aufführung übermorgen Abend zu besprechen. Ich glaube, er hat es nicht verkraftet, dass Sylvie in festen Händen ist. Aber das gehört eigentlich nicht hierher. Auf jeden Fall hat uns Sylvies Freund Sven einige erschreckende Details zu Immobilienspekulation und Mietervertreibung erzählt. Als Architekturstudent scheint er solche Nachrichten genau zu verfolgen.

Sylvie hat uns spätabends mit ihrem alten klapprigen Mercedes nach Hause gefahren. Auf der Fahrt kamen wir noch mal auf die seltsamen Dinge zu sprechen, die in dem Haus geschehen. Franzi hat vorgeschlagen, gleich den Keller unter die Lupe zu nehmen. Besonders die verschlossene Eisentür hat uns Sorgen gemacht. Sven hat von einem Fall erzählt, bei dem ein Hausbesitzer eine Gasexplosion verursacht hatte, um die Mieter zu vertreiben. Irgendwie haben wir alle, glaube ich, Angst gehabt, dass das in unserem Haus genauso sein könnte. Sylvie war sofort Feuer und Flamme und wollte mitkommen. Wir sind also zu viert runter in den Keller. Marie hat leider ihr Dietrichset zu Hause gelassen. Mann, war Franzi sauer! Und dann hat das Vibrieren wieder eingesetzt. Marie hat schnell aus einer ihrer Haarklammern einen passenden Haken gebogen. Sie wollte gerade das Schloss knacken, da hat Sylvie protestiert. Sie hat erst in dem Moment kapiert, dass wir unter allen Unständen dahinterkommen wollten, was diese Eisentür verbirgt. Wir waren mitten im Diskutieren, da ging das Licht an, und der Hausmeister stand vor uns. Er hat sofort rumgebrüllt, dass wir uns nicht vom Fleck bewegen sollen und die Polizei gleich da wäre und so weiter. Sylvie hat ihn Gott sei Dank beruhigen können.

Sie hat einfach erzählt, dass wir uns Sorgen machen, weil wir einen Gasgeruch wahrgenommen hätten. Irgendwann hat er es geschluckt. Es stellte sich heraus, dass er uns für dieses komische Vibrieren verantwortlich macht. Aber auch das konnten wir dank Sylvie klären. Als Franzi ihm dann direkt sagte, dass wir Detektivinnen sind, hat er erst mal geguckt! Ich habe ihm unsere Visitenkarte in die Hand gedrückt, und er hat was gemurmelt von »total verrückte junge Leute«, meinte aber dann, das sei »immerhin besser als Herumlungern und Drogen nehmen«. Er hat einen Schlüsselbund hervorgezogen und wortlos die Eisentür aufgeschlossen. »Hier, meine Folterkammer«, hat er gesagt. Im Dunkeln konnte ich nur unheimliche Schatten erkennen. Aber als die Neonröhren aufflammten, konnten wir sehen, was sich in dem Raum befindet: eine Werkstatt! Komplett eingerichtet mit Arbeitsbank und Dutzenden von Maschinen und Werkzeugen. Der alte Mann bekam leuchtende Augen. Auf einmal war er total freundlich und hat uns ganz begeistert sein Reich gezeigt. Das ging fast eine Stunde lang. Der Mann scheint ziemlich einsam zu sein. Seine Frau ist vor fünf Jahren gestorben, hat er uns erzählt, und seine einzige Tochter lebt in den USA und kommt nur ganz selten auf Besuch. Mir hat der verbitterte alte Mann auf einmal richtig leidgetan!

Später hat sich Sylvie ein bisschen über uns lustig gemacht. Sie meinte, wir hätten wohl eine ausgeprägte kriminalistische Fantasie. Aber Fakt ist doch: Das Vibrieren existiert. Genauso wie die Stromausfälle.

Fazit:

Die Eisentür war definitiv ein Holzweg.

Der Hausmeister ist von jedem Verdacht befreit.

Frage:
Wer oder was verursacht dann die Stromausfälle und das rätselhafte Wandvibrieren?
Weiteres Vorgehen:
Wir reden morgen Nachmittag nochmals mit Lotte. Sie soll uns die Adresse des Hausbesitzers geben – und dann stellen wir ihn zur Rede!

Geheimes Tagebuch von Kim Jülich
Donnerstag, 1:05 Uhr
Achtung: Lesen für Unbefugte (alle außer Kim Jülich) verboten!!! Zuwiderhandlung wird mit der Hölle auf Erden bezahlt! Nur um es ganz deutlich zu machen: Zu den Unbefugten zählen, neben den kleinen Nervkröten Ben und Lukas, auch Marie und Franzi – und überhaupt jeder Mensch auf dieser Welt!
Franzi und Marie haben ihr »kleines Work-out« beendet und machen sich bettfertig. Die beiden haben als Einschlafhilfe fast eine Stunde lang Pilates-Übungen gemacht. Sie haben so seltsame Verrenkungen auf dem Flickenteppich fabriziert, dass ich mir Sorgen um ihre Gesundheit gemacht habe. ;-) Aber Franzi war ganz begeistert von den Übungen, die Marie ihr gezeigt hat. So entspannt habe ich die beiden noch nie miteinander erlebt. Sollten sie öfter machen, dieses komische Pilates-Zeug.
Jetzt muss ich aber unbedingt ins Bett. Sonst wird das morgen ein ganz furchtbarer Tag.
Morgen will ich mich auch endlich wieder bei Michi melden. Ich habe solche Sehnsucht nach ihm!!! Hoffentlich träume ich gleich etwas Schönes von ihm!

Treppe ins Nichts

»Verdammt!«, rief Kim. Sie schlug sich mit der flachen Hand vor die Stirn.

»Was ist denn los?«, wollte Franzi wissen. Sie hielt ihren Freundinnen die Glastür zum Theaterfoyer auf.

»Wir haben den Schminkkoffer vergessen.« Kim verdrehte ärgerlich die Augen. »Ich wollte ihn gleich zusammen mit den Klamotten aus der Reinigung in der Garderobe abstellen, damit für die Generalprobe heute Nachmittag alles da ist.«

»Du kannst ja nachher in der Mittagspause schnell zurück zum Apartment gehen«, nuschelte Marie. Sie hatte einen Haargummi zwischen den Zähnen und fasste gerade ihre lange blonde Mähne zu einem Pferdeschwanz zusammen. Als sie Kims alarmierten Blick sah, fügte sie hinzu: »Wir haben über eine Stunde Zeit zwischen dem Probenende von Sylvies Gruppe und unserer Probe. Das schaffst du locker – und kannst auch noch was essen.«

»Das will ich hoffen«, rief Kim sofort. »Es gibt Schnitzel mit Pommes!« Als sie Maries spöttischen Blick sah, wurde sie knallrot. Marie zog grinsend ihren Haargummi fest und zupfte ein paar Strähnen an den Seiten wieder hervor. »Keine Sorge, du kommst schon zu deiner Nervennahrung!«

Kim wollte gerade beleidigt etwas entgegnen, da rief Franzi: »Seht mal, Sylvie ist schon auf der Bühne.«

Die junge Frau winkte ihnen zu und wich zwei Männern aus, die gerade einen Teil der Bühnendeko heranschleppten. »Adrian sitzt in der ersten Reihe«, stellte Franzi fest.

96

»Schleimer«, zischte Marie, musste dabei aber grinsen. Sie winkte Adrian kurz zu und schlüpfte neben Kim und Franzi in die letzte Sitzreihe. Irgendwie fand sie Adrian nicht mehr ganz so attraktiv. Spätestens seit gestern Abend, als er so uncool auf Sylvies Freund reagiert hatte, kam er ihr ziemlich kindisch und unreif vor. Sein offensichtliches Desinteresse ihr gegenüber hatte für den Rest gesorgt. Außerdem gab es da seit heute Morgen eine SMS auf ihrem Handy. Sie zog das Gerät aus ihrer Hosentasche und streichelte zärtlich über den Touchscreen. Der kleine Glitzerseestern-Anhänger schien im Licht der Scheinwerfer tausend Funken zu sprühen.

Liebe Marie,
unsere Mountainbikes haben sich
schon so lange nicht mehr gesehen!
Lust auf eine Tour am Ende der Ferien?
Alles Liebe, dein Holger

»Oho, *dein* Holger!«, rief Franzi.
Empört drehte Marie ihr Handy um und sah ihre Freundin an. »Liest du immer fremde Nachrichten? Schon mal was von Briefgeheimnis gehört?«
»Klar«, antwortete Franzi. »Aber noch nichts von SMS-Geheimnis.« Sie boxte Marie leicht an den Arm. »Wenn du mir dein Handy quasi vor die Nase hältst, während du liest, dann ist das echt schwierig, nicht aufs Display zu sehen. Besonders, wenn es so groß ist wie bei deinem Hightech-Teil.«
Marie rieb sich den Arm und schüttelte den Kopf. »Das ist noch lange kein Grund!«

»Ich finde es super, dass Holger dir geschrieben hat!«, schaltete sich Kim schnell ein, bevor ihre Freundinnen den nächsten handfesten Streit begannen. »Was sagt er denn?«

Marie ließ sich nach hinten in den Sitz fallen und schloss die Augen. »Er will mal wieder eine Bike-Tour mit mir machen.«

»Das ist doch toll!«, riefen Kim und Franzi wie aus einem Munde. Ein paar Reihen vor ihnen drehte sich ein Mädchen ärgerlich um.

»Lasst uns später weiterreden, ja?«, flüsterte Marie und hoffte, dass ihre Freundinnen nachher das Thema Holger vergessen hatten. Es war ihr einfach unangenehm, darüber zu sprechen. Zumal sie selbst schlichtweg nicht wusste, was sie machen sollte.

Dankbar sah sie, dass die Gruppe von Sylvie anfing zu spielen.

Kim winkte ihren Freundinnen zu. »Ich jogge dann mal zurück und hole den Schminkkoffer.«

»Falls du Lotte siehst, frag sie nach der Adresse des Hausbesitzers«, sagte Franzi. »Dann können wir heute Abend bei ihm vorbeigehen.«

Kim nickte. »Alles klar. Bis nachher.«

»Und vergiss nicht: Um 14 Uhr beginnt die Probe!«, rief Marie noch, aber da war Kim schon zur Tür hinaus.

Eigentlich hatte sie vorgehabt, die Viertelstunde Fußweg vom Theater zu der Straße, in der ihr Apartment lag, durch eine Joggingeinlage abzukürzen. Schließlich wollte sie so schnell wie möglich wieder zurück im Theater sein. Doch schon nach den ersten Metern unter der unbarmherzig stechenden Sonne gab Kim ihr Vorhaben auf. Kleine Schweiß-

perlen rannen ihr den Hals herab und die drückende Groß-
stadtluft brannte in ihrer Kehle.

Kim wechselte auf die andere Straßenseite, auf der dicht be-
laubte Kastanienbäume wohltuenden Schatten spendeten.
Sie atmete auf.

Als Kim an einer voll besetzten Eisdiele vorbeikam, musste
sie lächeln. Ob Michi auch gerade bei Luigi an der Theke
stand und im Akkord Eiswaffeln austeilte?

Sie holte ihr Handy aus der Hosentasche. Als sie Michis
Nummer aufrief, klopfte ihr Herz. Als er sich meldete, gaben
beinahe ihre Knie nach.

»Hallo, mein Schatz«, begrüßte er sie fröhlich.

Es ist wie am ersten Tag, dachte Kim und lächelte glücklich
vor sich hin. »Hi, Michi. Es tut mir leid. Ich konnte mich
nicht früher melden.«

»Kein Problem. Hier ist auch verdammt viel los.« Seine
Stimme klang zärtlich, aber auch ein wenig gehetzt. Im Hin-
tergrund hörte Kim Gläser klirren. »Tagsüber bin ich bei
Luigi voll eingespannt. Und ab 17 Uhr helfe ich meinem
Vater. Ich hätte nicht gedacht, dass so viel Leute im Sommer
ihre Elektrogeräte zur Reparatur bringen.«

»Du Armer!«, rief Kim und wich einem Skater aus. »Wenn
ich wieder da bin, musst du unbedingt ein Wochenende frei-
nehmen. Ich möchte endlich wieder ganz viel Zeit mit dir
verbringen. Am Sonntagvormittag frühstücken im *Lomo*,
oder …«

»Ja«, unterbrach sie Michi. »Das möchte ich auch. Aber ich
muss jetzt Schluss machen, hier ist die Hölle los.«

Kim seufzte.

»Morgen seid ihr dran, stimmt's? Im *Kleinen Theater*, Pfalz-
burger Straße 7? Ich drück dir ganz fest die Daumen.«

»Du kennst die Adresse?«, rief Kim erstaunt. Im Hintergrund
hörte sie Luigi nach Michi rufen.

»Ich muss jetzt Schluss machen«, sagte Michi schnell. »Einen
dicken Schmatz für meinen Schatz!«

Die Verbindung wurde abgebrochen. Kim seufzte wieder.
Zärtlich betrachtete sie Michis Foto auf dem Handydisplay.
»Bald sehen wir uns«, flüsterte sie den strahlenden blaugrünen Augen in dem fröhlichen Gesicht mit den Sommerspros-
sen zu. Sie drückte einen Kuss darauf, klappte das Handy zu
und ließ es in ihre Hosentasche gleiten.

Kim hatte das Haus mit der schnörkeligen *1822* fast erreicht.
Sie sah, dass der Hausmeister gerade vor die Tür trat. So
leid ihr der Mann gestern Nacht getan hatte, so wenig Lust
hatte sie jetzt, ihm zu begegnen. Bestimmt wollte er etwas
zum Stand ihrer Ermittlungen wissen. Sie verlangsamte ihre
Schritte. Der Hausmeister fing an zu fegen. Mist, es würde
eine Weile dauern, bis er damit fertig war. So lange wollte
Kim aber nicht warten. Ihr fiel der zweite Eingang ein, durch
den sie gestern gegangen war, um den Müll zu den Tonnen
im Hinterhof zu bringen. Schnell schlich Kim im Sichtschutz
eines am Straßenrand abgestellten Baggers rechts am Haus
vorbei. Dann lief sie geduckt in den schmalen Seitenweg
zum Hinterhof. »Peinliche Aktion«, murmelte Kim und sah
sich um. Sie hoffte, dass niemand sie beobachtete. Schnell
marschierte sie an der von einer dichten, hüfthohen Hecke
gesäumten Hauswand entlang. Der Hausmeister kehrte ihr
den Rücken zu.

»Autsch!«, entfuhr es Kim plötzlich. Sie hatte sich an einer dornigen Ranke den Unterarm aufgerissen. Ärgerlich betrachtete sie die Wunde. Ein wenig Blut trat aus dem feinen Riss in der Haut. »Selbst schuld«, schimpfte Kim halblaut, »was schleiche ich hier auch herum wie ein Spezialkommando auf der Suche nach dem flüchtigen Bankräuber.«

Kim presste ein Papiertaschentuch auf den Kratzer und ging weiter. Sie musste der Hecke ausweichen, die an einer Stelle nach vorne versetzt war. Irritiert hielt Kim an. Warum gab es hier eine Ausbuchtung? Kim beugte sich über das Gestrüpp, und die Dornen stachen ihr in den Bauch. Aber sie spürte den Schmerz nicht. Was sie sah, versetzte sie in die ihr so gut bekannte detektivische Neugier: Dicht an der Hauswand war ein Gitter in den Boden eingelassen. Ein Vorhängeschloss hing an den Metallverstrebungen. Kim beugte sich tiefer. Es war geöffnet! Ein Kribbeln durchfuhr ihren Magen. Aber dann musste sie über sich lächeln. »Das ist ein Lichtschacht zum Keller, weiter nichts. Völlig normal. Kim Jülich, deine Arbeit als Detektivin beeinflusst deine Wahrnehmung. Überall siehst du geheime Schächte, Gänge, Diebeshöhlen.«

Im selben Moment spürte sie unter ihren Füßen das seltsame Vibrieren, das sie schon im Apartment wahrgenommen hatte. Nur war es hier viel stärker und von einem lauten Geräusch begleitet. Im Halbdunkel des Schachts konnte Kim Steinstufen erkennen. Sie schienen in ein absolutes, schwarzes Nichts zu führen. Kim lief ein Schauer über den Rücken, als sie sich vorstellte, wie eng es da unten sein musste. Gleichzeitig spürte sie die nagende Neugier und das Bedürfnis auszuprobieren, ob sie sich da hinunterwagen würde. Kim überlegte.

Vielleicht war ja alles wieder ein Flop wie die Eisentür im Keller, hinter der sich nur die Werkstatt eines alten Manns verbarg. Wenn sie die paar Stufen nach unten kletterte und nachsah, konnte sie abschätzen, ob es der Mühe wert war, heute Abend zusammen mit Franzi und Marie Nachforschungen anzustellen. Noch mal so eine Blamage wie in der vergangenen Nacht wollte Kim nicht erleben. Ja, sie musste jetzt sofort nachsehen, was da unten los war.

Kim lief zur Hintertür, schlüpfte in den Hausflur und sprang die wenigen Stufen zu ihrem Apartment hoch.

In der Wohnung angelangt, schnappte sie sich die Taschenlampe von ihrem Nachttisch und wühlte im Koffer nach der Digitalkamera. Da war sie! Kim warf achtlos Schuhe, T-Shirts und Bücher wieder zurück in ihren Koffer. Das Fingerabdruck-Set und ein Päckchen Kreide fielen zu Boden. Sie hob es auf und stopfte es in ihre Hosentasche. Jetzt nichts wie hin zu dem geheimnisvollen Gitter. Einen Blick musste Kim unbedingt da hineinwerfen. Wenn der Schacht wirklich eine heiße Spur war, würde sie ihren Freundinnen beim Mittagessen davon berichten können. Und wenn da nichts war, konnte sie die ganze Sache einfach vergessen und verschweigen.

Als die Wohnungstür ins Schloss fiel, überlegte Kim, Franzi und Marie doch noch eine SMS zu schicken. Aber dann ließ sie es bleiben. Diese Erkundungstour musste sie ganz alleine machen.

 # Horrorfilm

Lola war fuchsteufelswild. »Ich hab es von Anfang an gesagt«, fuhr sie Adrian an. »Es ist völlig blödsinnig, junge, unzuverlässige Dinger bei einer Theateraufführung mitmachen zu lassen, die so wichtig für uns ist!« Hektisch riss sie Sylvie, die neben ihr stand, das Textheft aus der Hand und fächelte sich Luft zu.
»Jetzt reg dich doch nicht so auf.« Adrian zuckte mit den Schultern. »Die Probe lief auch ohne Maske super. Und dein Kleid taucht bis zur Aufführung morgen Abend bestimmt wieder auf.«
Marie funkelte Adrian und Lola wütend an. Ihre Freundin Kim war seit über zwei Stunden verschwunden. Sie machte sich echte Sorgen. Und die beiden hatten nur das Theater im Kopf!
Franzi fasste Marie beschwichtigend am Arm. »Lass doch«, flüsterte sie ihr zu. »Kim kommt bestimmt gleich. Wahrscheinlich hat sie interessante Neuigkeiten von Lotte erfahren und einfach die Zeit vergessen.«
»Ich verstehe das nicht. Kim ist sonst absolut zuverlässig. Zumindest hätte sie uns angerufen.« Marie sah auf ihr Handy. »Keine Nachricht. Ist bei dir was drauf?«, wandte sie sich an Franzi.
»Nein.«
Marie drückte die Wahlwiederholung. »Sie hat das Handy immer noch ausgeschaltet.« Nervös steckte sie sich mit einer Hand eine Haarklammern fest, die sich gelöst hatte.

Lola seufzte. »Puh, mir ist ganz schwindlig von der Hitze und der Aufregung.«

Besorgt sah Adrian sie an. »Du bist auch ganz weiß im Gesicht. Hier«, er schob ihr einen Stuhl hin, »setz dich. Ich hol dir schnell ein Glas Wasser.«

Dankbar winkte Lola Adrian zu und ließ sich auf den Stuhl fallen.

Marie wippte unruhig auf den Absätzen. »Wir müssen nachsehen, wo Kim steckt. Komm, Franzi, wir gehen zum Apartment.«

»Soll ich mitkommen?«, erkundigte sich Sylvie.

Marie schüttelte den Kopf. »Nein danke, lass mal. Jemand sollte bei Lola bleiben, bis Adrian wieder da ist.«

Besonders begeistert schien Sylvie darüber nicht zu sein. Aber sie stimmte Marie zu und zog einen zweiten Stuhl neben Lola. »Okay. Meine Handynummer habt ihr ja. Ruft mich an, wenn ihr Hilfe braucht, ja?«

Franzi und Marie nickten kurz und eilten davon.

Kim umschlang mit den Armen ihre Knie. Es war kalt. Es war dunkel. Der Raum war mehr als unheimlich. Wo war sie hier? Verzweifelt starrte sie zum hundertsten Mal auf ihr Handydisplay. Kein Empfang.

»Ich bin so blöd«, flüsterte Kim mit Tränen in den Augen. Jetzt saß sie schon seit über drei Stunden fest. Die Taschenlampenbatterie war fast aufgebraucht und im zitternden Lichtkegel schienen die Wände und die Decke immer wieder auf sie zuzukommen.

»Tief Luft holen«, ermahnte sich Kim. Das hatte ihr Marie damals geraten, als sie vor einiger Zeit durch einen alten unterirdischen Piratengang flüchten mussten und ihre altbekannte Platzangst sie beinahe handlungsunfähig gemacht hatte. Das regelmäßige Ein- und Ausatmen half gegen die Beklemmung. Aber es würde sie nicht aus dieser schlimmen Lage befreien. Kim hoffte inständig, dass ihre beiden Freundinnen aufmerksam waren und sie bald herausgeholt würde. Was geschah hier bloß? Was wollte der Mann, der vorhin urplötzlich im Gang hinter ihr aufgetaucht war und fluchend die Verfolgung aufgenommen hatte?

Warum hatte er sie gepackt und in diesen Raum eingesperrt? Wo befand sie sich? Kim sah sich im fahlen Licht um.

Der Boden war mit hellen Kacheln ausgelegt. An der einen Wand befand sich eine Reihe mit Waschbecken und Schränken. An der gegenüberliegenden Seite erkannte Kim mehrere doppelstöckige Liegen. Es gab eine Duschkabine und in der Mitte des Raums stand eine Art Trage mit einer großen runden Lampe darüber. Kim schluckte schwer. Das Ganze sah aus wie … Kim schloss die Augen und schüttelte verzweifelt den Kopf. Nein, sie musste sich täuschen. Das war absurd. Wieso sollte es hier unten in einem Tunnel mitten in Berlin einen *Operationssaal* geben?

»Es ist nicht abgeschlossen«, sagte Marie tonlos zu Franzi vor der Tür zum Apartment.

Sie betraten den Flur. »Kim, bist du da?«, rief Marie.

Sie sahen ins Wohnzimmer. Kims Koffer lag geöffnet auf der Couch. Die Sachen hingen unordentlich heraus. Das war am Vormittag, als sie gemeinsam die Wohnung verlassen hatten, nicht so. Kim war also in der Zwischenzeit hier gewesen. Aber wo befand sie sich jetzt?

Franzi zupfte nervös an einem ihrer kurzen Zöpfe. »Ich gehe hoch zu Lotte. Vielleicht ist Kim ja bei ihr.«

Marie nickte. Sie untersuchte Kims Koffer. Die Digicam fehlte und ein paar weitere Ausrüstungsgegenstände.

»Bei Lotte ist sie gar nicht gewesen«, rief Franzi atemlos, als sie wieder zurück in die Wohnung kam.

Marie sah sie erschrocken an. »Und der Schminkkoffer steht immer noch im Flur. Dafür fehlen die Kamera und eine Taschenlampe.«

»Was hat Kim bloß gemacht? Hat sie gar keinen Hinweis hinterlassen?«

»Nein, hier ist rein gar nichts.« Marie rieb sich mit Zeigefinger und Daumen die Nasenwurzel. »Taschenlampe und Kamera«, murmelte sie. »Ist Kim vielleicht noch mal in den Keller gegangen?«

»Aber da haben wir doch schon alles untersucht«, antwortete Franzi.

Marie fasste sie am Arm. »Trotzdem, lass uns kurz runtergehen und nachsehen.«

Die beiden Detektivinnen sprangen die Stufen zum Keller hinunter. Aber auch hier war keine Spur von Kim.

»Ich habe ein ganz komisches Gefühl«, murmelte Franzi. »Meinst du, wir sollten besser die Polizei informieren?«

Marie nahm nachdenklich eine Stufe. »Ja, wahrscheinlich ist es das Vernünftigste.« Sie sah auf die Reihe von Briefkästen vor sich. Plötzlich zuckte sie zusammen. »Sieh mal!« Sie deutete auf den Briefkasten, der ihrem Apartment zu-

106

geordnet war. »Gästewohnung 2«, stand in Druckbuchstaben auf dem Schild. Und darunter war mit roter Kreide ein Zeichen angebracht. Franzi ging näher heran. »Ein Ausrufezeichen!«

»Das ist garantiert von Kim«, rief Marie aufgeregt.

Franzi nickte. »Wie bei den berühmten *Drei ???*. Jeder der drei Detektive hat auch immer eine Kreide in einer bestimmten Farbe einstecken und hinterlässt bei Gefahr eine unauffällige Spur von gemalten Fragezeichen.«

»Da ist noch eins!« Marie rannte zum Hintereingang und zeigte auf den Türrahmen. »Kim Jülich, du bist genial! Wir müssen einfach nur den Ausrufezeichen folgen. Kim hat etwas entdeckt und die Zeichen führen uns zu ihr!«

In wenigen Minuten waren die beiden Mädchen der Spur gefolgt und standen vor einem weiteren roten Ausrufezeichen, das auf eine Gehwegplatte im Hinterhof gemalt war. Es zeigte senkrecht auf einen angrenzenden Busch. Marie und Franzi beugten sich darüber.

»Bingo!« Marie bahnte sich einen Weg durch das stachelige Gebüsch. Sie sah durch das Gitter. »Da führt eine Treppe hinunter!«

»Hörst du das Summen?«, hauchte Franzi. »Wir müssen sofort da runter.«

»Was ist, wenn Kim da unten etwas zugestoßen ist?« Marie biss sich auf die Unterlippe. »Dann passiert uns womöglich das Gleiche. Und keiner weiß, wo wir stecken. Damit wäre niemandem geholfen.«

Franzi dachte einen Moment nach. Marie hatte recht. Andererseits würden sie wertvolle Zeit verlieren, wenn sie die Polizei riefen und auf sie warten mussten. Und vielleicht hatte Kim da unten einfach nur etwas Spannendes entdeckt und die Zeit darüber vergessen. »Zu blöd, dass Kommissar Peters nicht hier in Berlin ist.«

Marie nickte. »Dann lass uns wenigstens Sylvie anrufen und ihr sagen, dass sie Alarm geben soll, wenn wir uns in einer Stunde nicht bei ihr gemeldet haben.«

Franzi nickte. »Du rufst sie an und gibst ihr unseren Standort durch. Ich hole unsere Ausrüstung.« Sie zögerte kurz, sagte dann aber mit einem Grinsen: »Ich bin übrigens froh, dass du nicht Adrian anrufen wolltest. Das wäre vor drei Tagen noch anders gewesen.«

Geschickt wich Franzi aus, bevor Marie ihr beide Fäuste in die Rippen rammen konnte, und lief los.

Das Gitter ließ sich leicht anheben. Es quietschte noch nicht einmal, obwohl die Scharniere völlig verrostet aussahen. Nur die Kette mit dem offenen Vorhängeschloss klirrte leise, als sie das Gitter gegen die Häuserwand lehnten. Marie und Franzi sahen sich vorsichtig um. Niemand in Sicht! Auch das leise Surren war verstummt.

»Bäh!« Angeekelt sah Marie auf ihre Hände. »Da hat jemand vor Kurzem die Scharniere geölt.«

Franzi umklammerte ihre Taschenlampe fester. »Ein Indiz mehr dafür, dass hier etwas nicht stimmt. Und da …«, sie deutete auf die Innenseite des steinernen Randstreifens, der den Treppenabgang umfasste, »ist ein weiteres Ausrufezeichen!«

»Hörst du das Summen? Los jetzt, wir müssen da runter.«

Franzi begann, die steile Treppe hinabzusteigen. Die Wände des Schachts waren mit Moos und Staub bedeckt, der Handlauf neben den steinernen Stufen mit Spinnweben überzogen.

Marie zuckte zurück, als eine dicke braune Spinne keine fünf Zentimeter neben ihrer Hand entlangkrabbelte.

»Was ist?«, flüsterte Franzi nach oben.

»Ich komme ja schon.« Marie beeilte sich, Franzi zu folgen. Unten angelangt beleuchteten die zitternden Lichtkegel ihrer Taschenlampen ein gespenstisches Bild: Ein langer, sehr schmaler und niedriger Gang führte schnurgeradeaus. Er schien immer enger zu werden. Es herrschte totale Dunkelheit. Die Luft roch modrig und abgestanden, obwohl ein feiner Windhauch über ihre Gesichter strich.

»Wo sind wir hier?«, fragte Marie. Ihre Stimme hallte hohl von den Wänden wider.

Franzi beleuchtete die rissige Mauer. »Weiß auch nicht. Aber ich finde es ziemlich unheimlich. Und ich kann keine Zeichen mehr von Kim sehen.«

Sie liefen zögernd einige Meter weiter. Plötzlich blieb Franzi stehen. »Das gibt's doch nicht. Eine Sackgasse!«

Marie leuchtete das Hindernis ab. »Nein, sieh mal, hier rechts ist eine Öffnung. Da zweigt ein Gang ab.«

»Und links ist noch einer.« Franzi machte einen Schritt auf die dunkle Öffnung zu. Plötzlich sauste eine kleine Schattengestalt dicht neben ihrem Fuß vorbei. Etwas Haariges streifte ihr Bein und Franzi sprang zur Seite. »Ich glaube, hier gibt es Ratten!«, quiekte sie.

Marie schüttelte sich. »Außerdem ist es ziemlich kalt.«

»Ja«, flüsterte Franzi. »Das liegt an dem Luftzug. Irgendwo muss es mindestens eine weitere Öffnung geben.«

Marie leuchtete in den Gang auf ihrer Seite hinein. »Fragt sich bloß, auf welcher Seite. Und: Welchen der beiden Tunnel hat Kim gewählt?«

»Das können wir ganz einfach herausfinden«, sagte Franzi trocken. »Du gehst da rein und ich auf der anderen Seite.«

Marie sah ihre Freundin mit großen Augen an. »Bist du wahnsinnig? Du weißt, auf was es in Horrorfilmen immer hinausläuft, wenn die Leute sich aufteilen und alleine losgehen!«

Franzi zuckte mit den Schultern. »Das sind doch bloß Filme. Und wir bleiben einfach über unsere Handys in Kontakt. Nach einer Viertelstunde treffen wir uns wieder hier.«

Marie zog das Handy aus ihrer Hosentasche und drückte eine Taste. »Hier unten gibt es kein Netz.«

»Dann«, Franzi griff in ihren Rucksack, »sichern wir uns mit den Seilen, die ich mitgenommen habe.«

Sie drückte Marie ein Knäuel Schnur in die Hand, während sie ein weiteres für sich aus dem Rucksack zog. »Jede von uns knotet sich ein Seilende um die Taille und das Knäuel nimmt die andere mit.«

»Nicht schlecht!«, sagte Marie anerkennend.

»Einmal ziehen heißt: ›Habe etwas gefunden, sofort Treffen am Gabelpunkt.‹ Zweimal: ›Gefahr, habe Hilfe nötig.‹ Dreimal: ›Gefahr, sofort flüchten und Hilfe holen!‹« Franzi schlang das Seil um ihre Hüfte. »Die andere muss natürlich jeweils mit einem Zug am Seil bestätigen, dass sie die Nachricht empfangen hat.«

»Wo hast du das denn her?«

»Aus einem Horrorfilm.«

»Sehr witzig.« Marie sog scharf die Luft ein. Sie hatte ein ungutes Gefühl. Was sie hier taten, war mehr als unvernünftig. Aber jetzt hatten sie es schon bis hierher geschafft. Und sie wollte Kim schnellstmöglich finden. »Also gut. Wir machen es.«

Franzi hatte schon etwas Seil von ihrem Knäuel abgerollt und war im Gang auf ihrer Seite verschwunden. Dumpf drang ihre Stimme zu Marie. »Ich gehe davon aus, dass wir nur das erste Zeichen benötigen werden.«

Marie spürte das leichte Abrollen des Seils in ihren Händen. »Das hoffe ich!«, rief sie, obwohl Franzi bestimmt schon zu weit weg war, um sie noch zu hören. Marie atmete tief ein. Dann setzte sie sich in Bewegung.

Franzi tastete sich vorwärts. Sie sah auf ihr Handydisplay. Erst fünf Minuten waren vergangen. Die Zeit kam ihr hier unten viel länger vor. Der Lichtstrahl der Taschenlampe zuckte geisterhaft über die Steinwände. Hier und da hatten sich kleine Rinnsale von Wasser ihren Weg durch das dichte Moosgeflecht gebahnt. Ab und zu huschte eine Ratte vorbei. Dann sah Franzi das Kreidezeichen. Kurz über dem Boden war ein langer krakeliger roter Strich mit einem verwischten Punkt angebracht. Franzi schluckte. Das sah nicht gut aus. Kim hatte das Zeichen ganz offensichtlich in höchster Eile angebracht. Und warum war es so tief unten an der Wand? Franzi bückte sich, um nach weiteren Spuren zu suchen. Plötzlich hörte sie Schritte. Während sie sich blitzschnell

111

aufrichtete, wurde sie von einem grellen Licht geblendet und eine laute heisere Männerstimme zerriss die Dunkelheit. »Verdammt, was ist denn hier los?« Einige Meter vor ihr stand eine Gestalt im Tunnel und leuchtete sie mit einem Handscheinwerfer an. »Ist heute Schulausflug, oder was?«

Franzis Herz schlug wie ein Dampfhammer. Sie stand wie gelähmt da. Bevor ihr Hirn den Befehl zum Weglaufen an ihre Füße gegeben hatte, war die kräftige Gestalt auch schon bei ihr. Sie drehte ihr schmerzhaft einen Arm auf den Rücken. Wie in Trance zog Franzi drei Mal an dem Schnurknäuel in ihrer Hand und ließ es fallen. Während der Mann sie mit sich zerrte, schaffte sie es gerade noch, die Seilschlinge um ihre Hüften zu lösen.

Franzi trat aus Leibeskräften um sich und versuchte in die Hand zu beißen, die sich erbarmungslos wie ein Schraubstock um ihren Oberarm gelegt hatte und sie mit sich riss. Aber es half nichts. Sie war ihrem Entführer hilflos ausgeliefert.

»So«, ächzte die Stimme nach einigen Metern, »hier rein mit dir. Zu der anderen.«

Franzi hörte, wie ein Schlüssel umgedreht wurde und eine schwere Tür knarrend aufgestoßen wurde.

»Wir können hier keine Schnüffler brauchen.«

Sie erhielt einen Stoß in den Rücken und taumelte vorwärts. Gerade rechtzeitig riss sie die Arme nach vorne, um nicht mit dem Gesicht voran auf den Boden zu stürzen.

Dann fiel die Tür mit einem Dröhnen hinter ihr ins Schloss.

Jagd im Untergrund

Marie kletterte weiter. Stück für Stück arbeitete sie sich an den metallenen Streben der eisernen Leiter hoch, die sie am Ende ihres Tunnels entdeckt hatte. Das Seilknäuel, das sie mit ihrer Freundin im andern Schacht verband, drehte sich leicht in der Seitentasche ihrer Cargo-Shorts.

Plötzlich spürte Marie ein Rucken an der Hüfte. Sie hielt inne. War sie irgendwo hängen geblieben? Sie prüfte das Seil, aber es hing schlaff nach unten. Franzis Idee war scheinbar doch nicht so gut gewesen. Schon ein paar Mal hatte Marie das Gefühl gehabt, dass es an dem Seil einen Ruck gegeben hatte. Dabei war sie bloß an vorstehenden Ziegeln der Mauer hängen geblieben. Sie warf wieder einen Blick nach oben. Bestimmt noch zwei Meter trennten sie von dem Lichtschacht knapp unter der Tunneldecke. Fahles Licht sickerte durch schmale Lamellen nach unten und ein dumpfes Geräusch drang bis zu Marie. Sie stieg eilig weiter. War hier oben die Ursache des seltsamen Vibrierens versteckt? War Kim vielleicht hier hochgeklettert?

Marie hatte in dem Tunnel kein Ausrufezeichen mehr gefunden. War ihre Freundin doch in den anderen Schacht gegangen? Vielleicht hatte Franzi sie schon längst gefunden. Aber warum gaben ihr die beiden dann kein Zeichen zum Umkehren?

Ein plötzlicher scharfer Zug am Seil ließ Marie zusammenzucken. Etwas riss mit aller Kraft an der Schnur! Marie musste sich mit beiden Händen an den Metallstreben festklammern, um nicht das Gleichgewicht zu verlieren. War das Franzi? Marie sah über ihre Schulter nach unten. Augenblicklich gefror ihr das Blut in den Adern: Da stand jemand! Und es war garantiert nicht Franzi. Denn die hatte sich wohl kaum in den letzten 30 Minuten einen Helm mit einer Grubenlampe und einen fleckigen Arbeitsoverall besorgt.

»Wie viele von euch laufen hier unten eigentlich noch rum?«, schrie die Gestalt außer sich vor Wut.

Panisch versuchte Marie das Seil um ihre Hüften zu lösen. Aber die Schlinge war mittlerweile so straff zugezogen, dass sie es nicht schaffte.

»Runterkommen!« Der Mann zog noch kräftiger am Seil. »Aber zack, zack! Oder soll ich dich holen kommen?«

Marie rutschte ab. Sie schrie auf. Gerade noch rechtzeitig schaffte sie es, die Hand, die sie am Seil hatte, hochzureißen, um sich mit beiden Händen an einer Sprosse festklammern zu können. Sekundenlang baumelten ihre Beine frei in der Luft. Dann fand sie wieder Halt. Marie zwang sich, nicht nach unten zu sehen. Sie musste weiterklettern und versuchen, durch das Gitter oben zu fliehen. Fieberhaft suchte sie in ihrer Hosentasche nach dem kleinen Taschenmesser, das sie immer bei sich trug. Da! Sie fühlte den glatten Griff in ihrer Hand. Mit den Zähnen schaffte sie, es zu öffnen. Die kurze, aber scharfe Klinge durchtrennte das Seil im Nu. Sofort begann Marie nach oben zu klettern. Sie hörte einen lauten Fluch, als das Seilende und das Taschenmesser, die sie achtlos hatte fallen lassen, unten aufprallten.

»Du Biest, dir werde ich es zeigen!« Der Mann begann, ihr hinterherzuklettern.

Marie biss sich auf die Lippe. Ihr Herz schlug bis zum Hals und sie bekam kaum noch Luft, so schnell hangelte sie sich die Leiter empor. Das Stampfen und Rauschen, das sie schon vorhin wahrgenommen hatte, wurde immer lauter. Als Marie das Gitter erreicht hatte, sah sie, was die Ursache war: Auf der anderen Seite befand sich ein U-Bahnsteig! Ein Zug hielt gerade, und zahllose Beine bewegten sich hektisch darauf zu. Marie versuchte, das Gitter wegzudrücken, aber es bewegte sich keinen Millimeter. Sie sah nach unten. Der Mann war ihr dicht auf den Fersen. Bald würde er bei ihr sein! Panisch suchte Marie nach einem Griff oder Hebel, mit dem sich das Gitter öffnen ließ. Aber da war nichts. Sie hämmerte gegen das Metall und schrie verzweifelt durch das staubige Eisengeflecht. »Hilfe! Hört mich jemand? Ich werde verfolgt! Hilfe!«

Der Mann kam immer näher. Auf der anderen Seite schnupperte ein kleiner Hund interessiert, aber bevor er näher kommen konnte, wurde er an der Leine zurückgezogen. Marie schrie erneut. Das gab es doch nicht. Sie war nur Zentimeter von den Menschen entfernt und keiner konnte ihr helfen! Die U-Bahn fuhr los.

»Gleich hab ich dich«, keuchte der Mann.

Ihr Handy! Hier oben hatte sie vielleicht Empfang und konnte einen Notruf absetzen. Marie nestelte mit einer Hand das Gerät aus der Seitentasche ihrer Shorts. Sie strich über den Touchscreen. Die Verbindung baute sich auf.

Eine Hand schnappte nach Maries Fußgelenk. Vor Schreck schrie sie auf. Mit aller Kraft trat sie nach ihrem Verfolger. Fluchend ließ er von ihr ab. Um sofort wieder zuzugreifen.

Der Mann hatte große Kraft. Er legte einen Arm von hinten um Maries Hals und drückte zu. Sie bekam kaum noch Luft.

»Du hast die Wahl«, zischte der Mann. »Entweder bist du jetzt schön brav und kletterst mit mir zusammen langsam da runter.« Er verstärkte den Druck. »Dann kommen wir beide heil an. Oder du bekommst einen kleinen Schubs …«

Marie brachte nur ein Nicken zustande. Aber der Griff um ihren Hals wurde gelockert. Blitzschnell entwand der Mann ihr das Handy. »Und das gibst du besser mir!« Er stopfte das Gerät in seine Hosentasche. »Wir wollen ja nicht, dass es kaputtgeht!«

Mit einem fiesen Lachen zerrte er Marie die Leiter hinab. Unten angekommen, bog er ihr den Arm nach hinten und stieß sie vor sich her durch den Gang. Nach einigen Metern schubste er sie in einen Seitengang. Es ging eine glitschige Treppe hinunter und Marie hatte Mühe, sich aufrecht zu halten. Auf der letzten Stufe knickte sie um und stürzte. Ein stechender Schmerz durchfuhr ihr linkes Knie. Sofort wurde sie wieder hochgerissen. Ihr traten die Tränen in die Augen. Der Mann war eiskalt. Er achtete überhaupt nicht darauf, dass sie sich verletzt hatte. Unbarmherzig schrie er sie an: »Keine Tricks, du Biest!«

Der Griff um Maries Arm wurde fester. »Wie viele von euch sind eigentlich hier unten, los, sag schon!«

»Ich weiß nicht«, log Marie. Sie tastete nach ihrem schmerzenden Knie.

Der Mann zischte verächtlich. Er gab ihr einen Stoß in die Rippen. »Das glaub ich dir nicht!«

Marie kniff vor Schmerz die Augen zusammen. Fieberhaft überlegte sie, ob der Mann auch Kim und Franzi hier unten erwischt hatte. Irgendjemanden hatte er jedenfalls gesehen, sonst würde er nicht so fragen.

Marie spürte ihren Arm kaum noch. Sie wollte gerade etwas sagen, da blieb der Mann abrupt stehen. Der Strahl der Lampe an seinem Helm beleuchtete eine grau gestrichene schwere Tür mit einem Schild darüber. Marie las. Sie schüttelte den Kopf. Hatte sie jetzt schon Halluzinationen? Stand da wirklich ›Ambulanz‹?

Bevor Marie einen klaren Gedanken fassen konnte, hatte der Mann den im Schloss steckenden Schlüssel herumgedreht, die Tür aufgerissen und sie in die Finsternis dahinter gestoßen.

Marie fiel in die bodenlose Schwärze. Ihre Schulter streifte etwas Hartes, dann landete sie auf etwas erstaunlich Weichem. Die Tür wurde zugestoßen und der Schlüssel zwei Mal herumgedreht. Die Stimme des Manns drang dumpf herein: »Hier könnt ihr vor euch hin schmoren. So lange, wie es nötig ist!«

»Aua!«

»Hilfe, was ist das?«

»Kim?«

»Marie?«

»Kim, bist du's wirklich?«

»Ich kann nichts sehen!«

Marie wälzte sich zur Seite. Ihr verwundetes Knie pochte im Gleichtakt mit ihrem rasenden Herzen.

»Wartet, ich mache die Taschenlampe an.«

Im plötzlich aufflammenden Lichtkegel sah Marie ihre Freundin Kim neben sich am Boden liegen. Sie hielt sich die Hände vors Gesicht und stöhnte. Franzi stand mit vor Schreck geweiteten Augen dahinter und blendete sie mit der Taschenlampe.

»Oh Gott, bin ich froh, euch hier zu treffen!« Marie rappelte sich auf. »Aber kannst du mal mit der Lampe woandershin leuchten?«

»Ja klar, sorry, ich hab mich so erschreckt.«

»An mich denkt mal wieder keiner«, jammerte Kim. Sie nahm die Hände runter und eine große rote Schwellung auf ihrer Stirn wurde sichtbar.

»Das gibt eine fette Beule«, stellte Franzi fest. »Aber eine Gehirnerschütterung hast du wohl nicht.«

Dann sah sie Maries Knie, an dem das Blut hinabtropfte.

»Oje, da ist ja noch eine Verletzte.«

Im selben Moment setzte ein ohrenbetäubendes Gewummer ein, das in ein lautes Schaben überging.

Marie zuckte zusammen. »Was ist denn jetzt los? Werden wir etwa gleich verschüttet?«

Kim beruhigte sie. »Keine Sorge. Das Geräusch kam in den letzten zwei, drei Stunden regelmäßig. Aber hier drin hat sich nichts getan. Die scheinen irgendein schweres Baugerät laufen zu lassen.«

»Es sind mindestens zwei Männer«, ergänzte Franzi. »Zwischendurch schreien sie sich so laut an, dass man fast jedes Wort versteht.«

Kim fuhr fort: »Wahrscheinlich liegt hier die Quelle des seltsamen Vibrierens, das wir in unserem Apartment wahrgenommen haben.«

»Du meinst«, Marie leuchtete die Wände ab, »der Hausbesitzer spukt hier unten herum, um die Mieter zu vertreiben?« Sie zuckte zusammen, als sie den Operationstisch anleuchtete.

»Wo, um Himmels willen, sind wir?!«

»In einem unterirdischen Sanitätsraum.«

Marie schüttelte sich. »Bitte? Und was will dieser Typ mit uns hier unten? Warum hat er uns eingesperrt? Ist das ein Verrückter?«

»Reg dich nicht auf. Wir erzählen es dir gleich. Aber erst mal müssen wir deine Wunde versorgen.« Franzi suchte in einem der offenen Schränke. »Hier!« Sie hielt eine Großpackung Verbandsrollen und eine Flasche mit Jod hoch. »Das müsste für dein Knie erst mal reichen.« Nach einem kurzen Blick auf das Verfallsdatum auf der braunen Flasche entschied Franzi, dass es auch ohne Desinfektion gehen musste.

Während sie Maries Knie verband, erzählte Kim knapp von ihrer Vermutung. »Wir befinden uns wahrscheinlich in einem sogenannten Blindtunnelsystem tief unter Berlin. Das sind alte, zum Teil komplett fertiggestellte U-Bahn-Tunnel und Räume, die aber nie in Betrieb gingen, weil Pläne geändert wurden. Vor zig Jahren, zur Zeit des Kalten Krieges, hat man manche Abschnitte zu Atomschutzbunkern umfunktioniert. Mit Schlafstätten, sanitären Anlagen und Operationssälen. Und in solch einen hat uns dieser Typ eingeschlossen.«

»Ist ja irre. Woher weißt du das mit den Tunneln?«

»Ich habe mich vorgestern Abend mit Sylvies Freund unterhalten. Erinnerst du dich an die Fotos im Flur?«

»Diese komischen düsteren Bilder? Ich habe ehrlich gesagt gar nicht richtig drauf geachtet.«

»Das waren lauter Aufnahmen aus solchen unterirdischen Gängen. Sven ist Mitglied in einem Verein, der die ›Berliner Unterwelten‹ erforscht. Allerdings hat er nichts davon erzählt, dass es solche Tunnel auch gleich bei uns um die Ecke gibt.«

»Vielleicht weiß ja auch noch kein Mensch davon. Jetzt, wo du es sagst, fällt es mir übrigens wieder ein: Die haben doch auch ein Plakat im Schaufenster der Reinigung in unserer Straße hängen.«

Franzi nickte. Sie riss das Ende der Mullbinde in zwei Streifen und knotete es um Maries Knie fest. »Fertig.«

»Super, danke!« Marie bewegte ihr Bein vorsichtig und belastete es. Das Knie tat kaum noch weh. »Aber all das erklärt noch lange nicht, warum uns dieser Typ hier unten eingesperrt hat.«

Kim stöhnte. »Das ist richtig. Es sind übrigens mindestens drei Männer. Wir haben ihre Stimmen gehört, als die Maschinen abgestellt waren.«

Franzi beleuchtete die schwere Tür. »Wir haben sie offensichtlich bei einer wichtigen Aktion gestört. Wer weiß, was die noch mit uns vorhaben. Wir müssen hier schleunigst raus.«

Marie zog fröstelnd die Schultern hoch. Sie stellte sich neben Franzi und untersuchte das Türschloss. Nach fünf Sekunden sah sie ihre Freundin triumphierend an. »Wie blöd sind die denn? Der Schlüssel steckt außen!« Sofort begann sie, eine Haarklammer aus ihrer Frisur zu lösen. Dann griff sie hektisch nach einem der vergilbten Papiere, die mit Magneten an einer Wandleiste aufgehängt waren. Es war doch ganz einfach! Jeder Detektiv kannte den Trick: Sie musste nur den Papierbogen unter der Tür durchschieben, den Schlüssel von innen aus dem Schloss stoßen und ihn auf dem Papier zu sich hereinziehen. Genauso hatten sie sich schon einmal während eines sehr gefährlichen Falls an der französischen Riviera retten können. Marie kniete sich hin und brachte konzentriert das Papier in Position. Vor ihrem inneren Auge erschien ein Bild: Das kleine Zimmer hoch droben in dem Leuchtturm auf einer einsamen Insel, in dem sie damals mit einem Entführungsopfer eingeschlossen gewesen waren.

»Ähm«, machte Franzi.

»Also, das …«, setzte Kim zögerlich an.

»Funktioniert nicht«, vollendete Franzi den Satz.

Marie starrte fassungslos nach unten. Die Tür schloss beinahe nahtlos mit dem Boden ab. Die Lücke reichte gerade für das Papier. Aber den Schlüssel würde sie niemals da hindurchbekommen.

»Verdammt!«

»Daran hatten wir auch schon gedacht«, sagte Kim. »Leider ist es in diesem Fall nicht ganz so leicht.«

Marie schlug mit der Faust gegen die Tür. Sie hatte Tränen in den Augen. »Verdammter Mist! Ich will hier raus!«

»Das wollen Kim und ich auch.« Franzi legte ihrer Freundin den Arm um die Schulter und sah besorgt zu Kim, die sich an einen der Schränke gelehnt und die Augen geschlossen hatte.

»Wir dürfen jetzt nicht die Nerven verlieren. Hört ihr?«

Marie schniefte kurz und nickte tapfer. Auch Kim winkte beschwichtigend. Sie schien ihre Platzangstattacke in den Griff zu bekommen.

»Okay, das Schloss können wir vergessen. Das kriege ich ohne mein Dietrichset nicht geknackt.«

Sie schwiegen und hörten dem anhaltenden dumpfen Wummern draußen zu.

»Hier zieht es«, sagte Kim plötzlich. Sie befühlte die Schranktür, an der sie gelehnt hatte. »Da kommt ein feiner Luftstrom durch die Ritzen!«

Augenblicklich waren ihre beiden Freundinnen bei ihr. Gemeinsam schafften sie es, die abgeschlossene Schiebetür aus den Führungsrillen zu heben.

»Dass uns die nicht eher aufgefallen ist«, meinte Franzi ächzend, als sie das Türblatt auf den Boden legten.

Aufgeregt starrten sie in den Raum dahinter. Als Marie mit der Taschenlampe hineinleuchtete, sahen sie Rohre und bunte Kabel, die an der unregelmäßig gemauerten Wand befestigt waren. Ein Versorgungsschacht!

»Der ist nach oben offen!«, rief Marie. Der Schein ihrer Taschenlampe verlor sich in absoluter Schwärze. »Vielleicht führt der in die Ebene der U-Bahn-Station, von der ich euch vorhin erzählt habe.«

»Okay, Leute, das ist eine Chance!«

Marie und Kim sahen Franzi erschrocken an.

»Niemals. Da gehe ich nicht rein«, verkündete Kim sofort. Auch Marie schüttelte heftig den Kopf.

»Ich mache es«, sagte Franzi.

»Du bist wahnsinnig«, raunte Kim. Sie leuchtete nach unten. Ein schwarzer Abgrund zeigte sich.

»Das ist viel zu gefährlich«, meinte Marie.

»Sollen wir etwa die nächsten Stunden, Tage oder womöglich Monate hier unten verbringen?« Ohne eine Antwort abzuwarten, schwang Franzi sich in den Schacht. Geschickt fand sie Halt an zwei hervorstehenden Ziegelsteinen. Mit gegrätschten Beinen stand sie da. Ihre Hände tasteten nach den nächsthöher gelegenen Backsteinen. Sie hielt sich fest und zog die Beine nach. Geschickt wie ein Kletteräffchen bewegte sie sich vorwärts.

Bewundernd sah Marie ihr nach. Sie selbst war zwar auch ziemlich sportlich, aber Franzi schlug sie eindeutig um Längen. Im Klettern war Franzi einfach ein Ass!

»Ich komme super vorwärts«, rief sie herunter.

Aber niemand konnte sagen, ob der Schacht oben einen Ausgang hatte. Marie rieb sich nervös die Hände. »Wie kommt Franzi wieder zurück, falls es nicht weitergeht?«

»Ich will es lieber nicht wissen«, flüsterte Kim.

Franzi schluckte hart. Ihr Mund war total ausgetrocknet und ihre Augen brannten vom Schweiß, der ihr von der Stirn tropfte. Der Aufstieg war um einiges anstrengender, als sie erwartet hatte. Mehrmals machte der Schacht einen Knick und sie musste sich durch enge Stellen hindurchwinden. Aber sie musste durchhalten. Das war die einzige Möglichkeit, die sie noch hatten.

Sie zog sich wieder ein Stück nach oben. Ihre Hand ertastete einen Vorsprung. Mit letzter Kraft stemmte sich Franzi gegen die Ziegelwand und schwang sich hoch. Dieses Mal mündete der Schacht in einen großen Raum.

Franzi ließ sich erschöpft auf den Boden rollen.

»Ich habe es geschafft«, rief sie nach unten. Aber ihre Worte schienen von der undurchdringlichen Schwärze geschluckt zu werden. Es kam keine Antwort von ihren Freundinnen.

Franzi klinkte die Taschenlampe vom Karabiner am Gürtel und sah sich um. Schaltkästen, Werkzeug, Kabel. Es roch nach Maschinenöl und frischer Farbe. Offensichtlich war sie in einem Technikraum gelandet. Franzi betete, dass sie von hier aus schnell Hilfe holen konnte. Der Taschenlampenstrahl erfasste einen Schalter an der Wand. Franzi sprang hin und drückte darauf. Eine Neonröhre an der Decke flammte auf.

Sofort musste Franzi schützend die Hand über ihre Augen legen. Wie viele Stunden hatte sie da unten im Dunkeln, nur im trüben Schein einer Taschenlampe gesessen? Blinzelnd tastete Franzi sich zu der Tür, die sie im plötzlichen Licht erahnt hatte. Sie fand die Klinke. Das Metall fühlte sich angenehm kühl in ihrer Hand an. Franzi lehnte sich erschöpft mit der Stirn an das Türblatt. Hoffentlich war nicht abgeschlossen.

Was würde sie dahinter erwarten? War sie gleich in Freiheit und konnte endlich Hilfe holen? Franzi drückte die Klinke herunter und die Tür sprang sofort auf. Damit hatte Franzi nicht gerechnet. Sie verlor das Gleichgewicht und stieß einen spitzen Schrei aus, als sie wie ferngesteuert nach draußen fiel. Nahezu ungebremst schlitterte sie auf den Boden. Eine

Geräuschkulisse aus Menschenstimmen, Musikfetzen und Hundegebell empfing sie. Aus den Augenwinkeln sah sie Leute geschäftig an ihr vorbeihasten, daneben Fahrkartenautomaten und einen Blumenstand. Ein spitzer Schrei ertönte. Franzi riss den Kopf hoch. Vor ihr kullerten Orangen, Äpfel und Aprikosen. Mittendrin stand eine blonde Frau mit vor Schreck geweiteten Augen. Zu ihren Füßen lagen diverse Einkaufstaschen, die sie offensichtlich vor Überraschung fallen gelassen hatte.

»Entschuldigung«, brachte Franzi hervor. Sie rappelte sich auf und klopfte sich mit zitternden Händen den Dreck aus der Hose. An den Knien hatte der Stoff zwei faustgroße Löcher. Franzi wollte lieber nicht wissen, wie der Rest von ihr aussah.

»Kind, du siehst ja furchtbar aus!«, rief die Frau prompt.

»Wo bin ich?«

Die Frau sah sie besorgt an. »In der U-Bahn-Station Innsbrucker Platz. Wo kommst du her? Was ist mit dir passiert? Hattest du einen Unfall?«

»So was Ähnliches.« Ohne weiter auf die völlig verdutzte Frau zu achten, zog Franzi ihr Handy aus der Hosentasche. Es grenzte an ein Wunder, dass es nach den Ereignissen der letzten Stunden immer noch da war und auch noch funktionierte. Mit zitternden Fingern tippte Franzi die 110.

Bereits nach fünf Minuten waren zwei Streifenbeamte bei ihr. Franzi erzählte in kurzen Worten ihre Geschichte. Die beiden Polizisten machten ernste Gesichter. »Wie lautet die Adresse von dem Haus, hinter dem dieser Einstiegsschacht liegt?«, fragte der jüngere. Franzi nannte sie ihm. Der Polizist gab eilig einen Funkspruch an die Zentrale durch.

Dann spurteten sie zu dritt zum Streifenwagen.

Während sie mit Blaulicht durch die Straßen rasten, versuchte Franzi zu orten, wo der unterirdische Raum war, in dem ihre Freundinnen gefangen gehalten wurden. Die Vorstellung, dass sie gerade genau über die Stelle hinwegbrausten, an der Kim und Marie zig Meter tief im Untergrund festsaßen, jagte ihr einen eisigen Schauer über den Rücken.

Franzi starrte nach draußen. Der Fahrer gab ordentlich Gas. Sie sah Läden und Cafés, eine Bankfiliale und ein Nagelstudio an ihr vorbeifliegen. Kurz bevor sie in die Seitenstraße mit dem Schacht einbogen, schaltete der Polizist das Blaulicht aus und ließ den Wagen lautlos an den Straßenrand rollen.

Im selben Moment durchfuhr es Franzi wie ein Blitz. Sie sah durch die Heckscheibe zurück. Konnte *das* des Rätsels Lösung sein? Das war doch komplett irre. Andererseits …

Aufgeregt wandte Franzi sich an die beiden Polizisten.

Der geheime Tunnel

Marie glitt von dem OP-Tisch herunter. Eine Dreiviertel-stunde war sie darauf gesessen und hatte dabei immer wieder das Papier, das sie vorhin bei dem missglückten Ausbruchs-versuch benutzt hatte, in aller Ausführlichkeit studiert. Sie wurden nicht schlau daraus. Es schien ein Plan zu sein. Das Tunnelsystem, in dem sie sich befanden, war darauf dar-gestellt. Jemand hatte mit rotem Stift weitere Linien ein-gezeichnet. Aber warum sollte jemand so verrückt sein und freiwillig weitere Tunnel hier unten graben?

Marie seufzte. Sie machte sich große Sorgen um Franzi. Die war jetzt schon seit über einer Stunde weg. Und niemand kam, um sie hier herauszuholen! Was, wenn die Männer sie hier einfach verhungern oder verdursten ließen?

Der Baulärm setzte erneut ein.

Kim schien jetzt wirklich durchzudrehen. Sie war die ganze Zeit völlig aufgelöst herumgelaufen und hatte alles mit der Taschenlampe abgeleuchtet. Nachdem sie die Tür noch ein-mal genauer untersucht hatte, hatte sie irgendwas von »Dann muss es eben von oben sein« gemurmelt. Sofort hatte sie eine dünne Holzleiste von der Wand gerissen und war urplötzlich auf Marie zugestürmt, um den Rest des Seils, den sie immer noch um ihre Hüfte trug, abzumachen.

»Es hilft alles nichts«, rief Kim jetzt hektisch. »Wir müssen uns selbst befreien. Und notfalls Franzi helfen. Da ist garan-tiert etwas passiert.« Sie schwenkte einen seltsamen Gegen-stand durch die Luft: An der Holzleiste war das Seil befes-

127

tigt, und daran hatte sie einen der großen Magnete von der Wandtafel geknotet. Das Ganze sah aus wie eine Angel. Aber was wollte sie hier unten angeln?

Kim leuchtete über die Tür. Knapp über dem Türstock gab es eine offene Stelle, die durch einen herausgebrochenen Ziegelstein entstanden war. Offenbar war hier nachträglich eine elektrische Leitung verlegt worden. Kim stapelte vor der Tür einige Kisten aufeinander und kletterte hinauf.

Plötzlich strahlte Marie. »Du bist genial!« Sie hatte endlich begriffen. Kim wollte mit ihrer selbst gebauten Angel den Schlüssel durch die Lücke von außen greifen!

Kim betastete vorsichtig ihre Stirn. Mittlerweile hatte sich die rote Schwellung zu einer dicken Beule ausgewachsen. »Das wird nicht einfach werden. Du musst den Schlüssel genau in dem Moment, wenn er vom Magneten angezogen wird, aus dem Schloss stoßen. Dann kann ich ihn zu uns hereinbugsieren. Ob das klappt, weiß ich nicht. Aber es ist einen Versuch wert!«

Es wurden über zwanzig Versuche. Schließlich schaffte Kim es, den Magneten an der Schnur so nahe am Schlüssel vorbeizuführen, dass es *klick* machte. Sie hielt die Angel ganz ruhig, während Marie mit einer Haarnadel im Schloss stocherte. Langsam zog Kim die Leiste mit der Schnur hoch.

Sie hielten den Atem an, als nach einem leisen Klirren Magnet und Schlüssel in der Öffnung über der Tür sichtbar wurden. Kim übergab Marie die Angel und streckte sich. Der Kistenstapel unter ihr schwankte bedrohlich.

»Pass auf!«, rief Marie.

128

Da hatte Kim schon zugegriffen. Sie machte den Schlüssel vom Magneten los. Triumphierend hielt sie ihn in den Händen und kletterte herunter.

Marie fiel Kim um den Hals. »Du bist einsame Spitze!«

Sie lauschten. Der Baulärm hielt immer noch an. Die Männer waren also beschäftigt.

Kim steckte den Schlüssel ins Schloss und drehte ihn vorsichtig um. Die Tür sprang auf, sie waren frei!

Jetzt mussten sie nur noch ungesehen an den Männern vorbeikommen und den richtigen Weg aus dem Tunnellabyrinth finden.

»Nichts wie weg hier!« Marie griff sich im Vorbeieilen den Plan und stopfte ihn in ihren Hosenbund. Sie hatte sich den Rückweg zum Einstiegsschacht gut eingeprägt. Aber im Notfall wollte sie nachsehen können, wo sie sich befanden.

Kim folgte Marie. Sie waren schnell an der Verzweigung angelangt, in deren Seitentunnel die Männer arbeiteten.

Marie stoppte abrupt und presste sich an die Tunnelwand. Vorsichtig tasteten sie sich vor. Der Baulärm war hier so laut, dass wohl noch nicht einmal eine Horde flüchtender Elefanten zu hören gewesen wäre. Aber sie mussten darauf achten, dass das Licht ihrer Taschenlampen sie nicht verriet.

Marie lugte um die Ecke. Sie konnte drei Gestalten sehen, die wie besessen arbeiteten. Die eine schrie gegen den Maschinenlärm an und hob plötzlich den Daumen. Sofort wurde es still.

Die beiden Detektivinnen sahen sich alarmiert an.

»Ab jetzt weiter mit den Handschaufeln«, hörten sie eine Stimme. Kurz darauf drangen schabende Geräusche und schweres Atmen zu ihnen.

Erleichtert nickte Marie. »Los, wir schleichen uns vorbei«, flüsterte sie. »Die rechnen niemals damit, dass wir uns befreien konnten. Vorne geht es den Gang rechts rein. Dann immer geradeaus. Ab da rennen wir!«

Kim nickte. Ihr schlug das Herz bis zum Hals. Sie hielt den Atem an, als sie sah, wie Marie mit leisen schnellen Schritten am Tunneleingang vorbeilief.

Nichts tat sich. Die drei Männer schaufelten wie besessen weiter. Marie winkte. Kim atmete aus und wieder tief ein. Dann sprintete sie Marie hinterher. Ängstlich sah sie sich um. Aber niemand hatte sie bemerkt.

Nachdem sie den rechten Tunnel genommen hatten, begannen sie zu rennen, so schnell das im spärlichen Licht ging. Der Boden war glitschig und stellenweise mit Pfützen bedeckt. Aber die beiden Detektivinnen sahen und hörten nichts mehr. Sie rannten nur noch um ihr Leben. Kims Lungen brannten wie Feuer. Dann sah sie in etwa hundert Metern Entfernung einen Lichtpunkt! Der Eingangsschacht! Sie hatten es bald geschafft!

»Puh«, schnaufte Kim, als sie die Treppe erreicht hatten. Sie hielt sich die schmerzenden Seiten. »Ich habe schon gedacht, wir müssen sterben!«

Marie drehte sich zu Kim um. »Klar müssen wir sterben!«

Kim sah Marie entsetzt an.

»Aber nicht hier und nicht heute!« Marie grinste über das ganze Gesicht und kletterte die Treppe weiter hoch. Gierig sog sie die frische Luft ein, die zu ihr drang. Sie drückte das Gitter hoch.

Und erstarrte.

Die Mündungen von vier Waffen waren auf sie gerichtet.

»Das ist Marie!« Franzis Stimme gellte über die Straße. Der Rest ihres Rufens ging in Schreien und Befehlen unter. Funksprüche wurden durchgegeben und die Waffen senkten sich zögerlich.

»Marie Grevenbroich und Kim Jülich, alles in Ordnung?«, ertönte eine Stimme über ein Megafon.

»Jaa!«, riefen Marie und Kim gleichzeitig. »Uns geht es gut!«

Sie wurden von kräftigen Armen nach draußen gezogen.

Franzi raste auf sie zu und umarmte beide gleichzeitig. »Ich bin so froh, dass euch nichts passiert ist!«

»Und ich bin vielleicht froh, dass du heil herausgekommen bist!« Kim liefen die Tränen über die Wangen. Marie schluckte schwer. Sie wollte Franzi gar nicht mehr loslassen.

Plötzlich sah Marie aus den Augenwinkeln, wie hinter einem der Absperrbänder, mit denen das Gebiet weitläufig gesichert war, eine Gestalt heftig winkte und gestikulierte. Sylvie! Sie sprach mit einer Polizistin und kam dann zusammen mit ihr und einem schlaksigen, dunkelhaarigen Mann zu den drei !!! herübergelaufen.

»Gott sei Dank, euch geht es gut! Ich habe mir solche Sorgen gemacht, als ich Maries Nachricht auf dem Handy abgehört hatte. Und als ich sie zurückrief, ist niemand drangegangen.« Sylvie zog fröstelnd die Schultern hoch.

»Da waren wir schon unten im Tunnel«, sagte Franzi.

»Als ich dann hierherkam, hatte Franzi bereits die Polizei informiert und alles war abgesperrt. Meine Güte, was alles hätte passieren können!«

Der Mann neben ihr ergriff das Wort. Er stellte sich als Kriminalkommissar Körmendy vor. »Unsere Sondereinheit hat sich gerade zum Einstieg bereit gemacht. Wir werden jetzt runtergehen und die Täter dingfest machen.«

Die drei !!! beschrieben den Weg zu dem Schacht, in dem die Männer gruben. »Hier!« Marie zog den Plan hervor und legte ihn auf den Boden. »Den haben wir mitgenommen. Es ist alles genau aufgezeichnet …«

Franzi unterbrach sie aufgeregt: »Ich hab es doch gewusst!« Sie tippte auf den Plan. »Dieser nachträglich eingezeichnete Gang führt genau zu dem Gebäude dahinten!« Sie zeigte auf die Bankfiliale an der Ecke.

Marie sah sie alarmiert an.

»Und keiner wollte mir glauben. Aber das ist der Beweis!«

Der Kommissar rief zwei Kollegen zu sich. Sie sahen sich den Plan an. »Kein Zweifel, das markierte Gebiet ist das Haus, in dem sich die Bank befindet«, sagte Körmendy nach einigen Sekunden. »Der Verdacht liegt nahe, dass die Täter durch einen selbst gegrabenen Stichtunnel über den Keller in das Gebäude eindringen wollen, um die Bankfiliale zu überfallen.«

Die Männer der Spezialeinheit nickten. Plötzlich ging alles sehr schnell: Kommissar Körmendy gab einige Funksprüche durch, ein Teil der Mannschaft wurde abgezogen und zu dem Bankgebäude dirigiert, während der Rest den Einstiegsschacht sicherte.

»Ihr entschuldigt mich«, rief der Kommissar und lief los.

Marie stemmte die Arme in die Hüfte. »Ich glaub es einfach nicht! Jetzt zieht der ab und nimmt die Verbrecher fest, ohne dass wir dabei sein dürfen!«

Die Polizistin lächelte. »Das ist viel zu gefährlich für euch. Wir müssen davon ausgehen, dass die Männer bewaffnet sind.«

Kim nickte zögernd. »Trotzdem. Franzi hat doch den entscheidenden Hinweis gegeben!«

»Und Kim und ich haben das Beweismaterial geliefert«, ergänzte Marie.

»Ihr habt eine tolle Arbeit geleistet«, sagte die Polizistin. »Aber den Rest erledigen wir. Glaubt mir, es ist besser so.« Sie zückte einen Notizblock und einen Kuli. »Und jetzt möchte ich gerne noch eure Namen und Daten aufnehmen. Für die spätere Zeugenaussage.«

Widerwillig fügten sich die drei Detektivinnen in ihr Schicksal.

Als die Frau jedoch kurze Zeit später von einem der Beamten zum Streifenwagen gerufen wurde, sahen Kim, Franzi und Marie sich nur kurz an. Sofort joggten sie los, überquerten die Straße und versteckten sich hinter einem Ligusterstrauch, der in einigem Abstand zum Eingang der Bankfiliale stand. Keine Sekunde zu früh!

Die drei Verbrecher wurden gerade in Handschellen aus dem Gebäude geführt. Ihre Arbeitskombis waren lehmverschmiert und die Gesichter schwarz vor Dreck. Besonders einer, der Kräftigste von den dreien, wehrte sich vehement und die beiden Polizisten, die ihn in Gewahrsam hatten, mussten sich mächtig anstrengen. Marie erkannte ihn sofort als den Typen, der sie unten im Tunnel gefangen genommen hatte. Vor Wut ballte sie die Fäuste.

»Das ist Freiheitsberaubung! Man wird doch noch Tunnel graben dürfen, wo und wann man will!«, schrie der Mann.

Kommissar Körmendy schnaufte verächtlich. »Sicher. Nur sollte man dabei nicht den darüberliegenden Kellerboden des Tresorraums einer Bank durchbrechen und alles für einen Überfall vorbereiten. Wir haben Waffen und Gesichtsmasken gefunden! Sie wollten die Bankmitarbeiter, die morgen früh arglos hinuntergegangen wären, mit Waffengewalt dazu zwingen, den Tresor zu öffnen. Das liegt klar auf der Hand!«

Der Verbrecher schwieg. Dann fing er wieder an zu zappeln und versuchte sich loszumachen. Aber die Polizisten hielten ihn mit eisernem Griff fest. Marie spürte, wie es ihr eiskalt den Rücken runterlief. Dieser miese Typ hatte sie da unten festgehalten und ihr den Arm verdreht! Marie konnte sich nicht mehr beherrschen. Franzi versuchte sie zurückzuhalten. Aber ihre Freundin schüttelte nur mit dem Kopf und raste auf die Verbrecher zu. »Sie haben uns da unten eingesperrt! Wegen Ihnen haben wir Todesängste ausgestanden!«

Kommissar Körmendy sah sie verärgert an. »Ich hatte doch gesagt, dass ihr nicht hierherkommen sollt!«

»Was …«, der Mann riss die Augen auf, als würde er vor einem Gespenst stehen, »was, zum Teufel, geht hier vor? Wie …« Es war klar, dass er Marie sofort erkannte und sich fragte, wie sie hatte entkommen können. Dann schien er es sich anders zu überlegen. »Wie kommst du auf so etwas? Was willst du Göre? Ich habe dich noch nie gesehen!«

Kim und Franzi kamen nun ebenfalls hinter der Hecke hervor und stellten sich neben Marie. Der Verbrecher schüttelte nur noch ungläubig den Kopf.

Ruhig sagte Kim: »Und mich und meine andere Freundin haben Sie natürlich auch noch nie gesehen. Und nie durch den Tunnel geschleift und nie in diesen schaurigen Raum eingesperrt. Was?« Sie machte eine kurze Pause. »Klar. Das wollen Sie unter keinen Umständen zugeben. Denn dann kommt zur Planung eines bewaffneten Raubüberfalls auch noch Entführung und Freiheitsberaubung hinzu! Ich weiß nicht, wie viele Jahre Gefängnis es dafür gibt – aber es werden schon einige sein.« Kommissar Körmendy hörte jetzt beeindruckt zu.

Der Verbrecher fing an zu toben und an den Handschellen zu zerren. »Ich habe diese drei Gören noch nie in meinem Leben gesehen! Die erzählen doch nur Mist.« Er blickte sich zu seinen Komplizen um. »Stimmt doch, oder? Es steht drei gegen drei bei der Aussage!«

Kim zuckte mit den Schultern. »Ich kann mich jedenfalls genau an unsere Begegnung da unten im Schacht erinnern. Sehr genau sogar! Ach, übrigens, Sie haben da was an Ihrer Schuhspitze!«

Irritiert beugte sich der Mann vor. Marie, Franzi und der Kommissar sahen sich ebenfalls neugierig seine Schuhe an.

Dann fingen Marie und Franzi schallend zu lachen an.

»Ein rotes Ausrufezeichen«, murmelte Körmendy. »Was hat das zu bedeuten?«

»Das«, sagte Kim und hakte sich lächelnd bei ihren beiden Freundinnen unter, »können wir Ihnen gerne gleich erklären.«

Marie lächelt

Das Publikum klatschte wie verrückt. Die Schauspieler fassten sich an den Händen und liefen zum vierten Mal vor den Vorhang, um sich zu verbeugen. Marie strahlte und winkte Helga und Walter zu, die in der ersten Reihe neben Sylvie saßen und ebenfalls wie wild applaudierten. Adrian und Lola winkten Franzi und Kim herbei und zogen sie mit auf die Bühne. Sie hatten es geschafft! Zusammen war ihnen eine tolle Aufführung ihres Stücks *Geschlossene Gesellschaft* gelungen! Marie seufzte. Es war ihr mittlerweile egal, ob die Jury am Ende des Festivals den Preis an sie oder an eine andere Truppe vergeben würde. Denn eines stand bereits fest: Ihr Aufenthalt in Berlin war ein voller Erfolg gewesen. Vor allem für ihr Detektivunternehmen, dem es dieses Mal sogar gelungen war, ein Verbrechen zu verhindern!

Plötzlich stand ein Mann auf, der ganz außen in der ersten Reihe gesessen hatte, und ging in Richtung Bühne. Als er die kleine Treppe erklomm, erkannte Marie ihn: Es war Kommissar Körmendy. Er hatte die Lederjacke vom Vortag gegen einen schwarzen Anzug und ein weißes T-Shirt getauscht.

Der Kommissar ließ sich von Helga ein Mikro geben. Er klopfte kurz dagegen. Augenblicklich verstummte der Saal. Neugierig sahen die Schauspieler und das Publikum auf den Überraschungsgast.

»Meine sehr geehrten Damen und Herren Schauspieler, verehrtes Publikum! Ich habe soeben eine einzigartige Vorstellung mit großartigen jungen Talenten sehen dürfen. Eine wirklich besondere Aufführung!«

Das Publikum johlte zustimmend.

Kommissar Körmendy hob die Hand. »Ich bin heute jedoch hier, weil ich ein weiteres großartiges Stück loben möchte: Gestern, am späten Abend, haben drei mutige und clevere Mädchen geholfen, ein schweres Verbrechen zu verhindern.«

Ein Raunen ging durch die Reihen.

»Kim Jülich, Franziska Winkler und Marie Grevenbroich, oder auch *Die drei !!!*, wie ich gestern erfahren durfte, haben aufgrund großer Aufmerksamkeit und tatkräftigen Einschreitens einen raffiniert geplanten Überfall auf eine Bank vereitelt!«

Das Publikum erhob sich und begann laut zu applaudieren. Die anderen Schauspieler klatschten ebenfalls und drehten sich zu den drei Mädchen um. Adrian strahlte Marie an und nickte anerkennend. Marie lächelte nur kurz zurück und wandte sich dann ihren Freundinnen zu. Franzi stupste sie lachend in die Seite. »Wahnsinn! So sind wir ja noch nie gefeiert worden!«

Kim fühlte sich nicht ganz so wohl in ihrer Haut. Sie war natürlich genauso stolz auf ihren Erfolg wie Franzi und Marie. Aber bei so vielen Augenpaaren, die jetzt auf sie gerichtet waren, spürte sie, wie ihr die Röte ins Gesicht stieg. Gott sei Dank konzentrierte sich die Aufmerksamkeit wieder auf Kommissar Körmendy.

»Die Geschäftsführung des Kreditinstituts bedankt sich bei den drei Detektivinnen für diese großartige Leistung. Sie hat sofort nach Bekanntwerden des Vorfalls entschieden, eine Anerkennungsprämie zu vergeben.« Er griff in seine Jackentasche und holte einen Umschlag hervor. »Diesen Scheck soll ich euch überreichen.«

Marie nahm den Umschlag entgegen, öffnete ihn und sah zusammen mit Kim und Franzi auf das Papier in ihrer Hand. Augenblicklich blieb den drei !!! die Luft weg. Marie war den Umgang mit viel Geld von klein auf gewöhnt. Ihr Vater hatte noch nie gezögert, ihr auch größere Summen zur Verfügung zu stellen. Aber *die* Summe, die da auf dem Scheck stand, haute selbst Marie um. Kim und Franzi standen nur noch da und starrten auf die Zahl, die auf dem Scheck eingedruckt war.

»Tausend Dank«, brachte Marie hervor.

»Das muss ein Irrtum sein«, flüsterte Kim. »Die haben sich um mindestens eine Null geirrt.«

Der Kommissar lachte. »Das hat schon alles seine Richtigkeit.«

»Kinder, das muss gefeiert werden!«, rief Marie. »Wir schmeißen eine Runde für das ganze Theater!«

Tosender Applaus antwortete ihr.

Sylvie prostete den drei !!! zu. »Ihr seid wirklich genial!«

Kim winkte ab. Ihr war der ganze Rummel um ihren Erfolg fast ein bisschen zu viel. »Wir haben einfach Übung.«

»Aber dass du auch noch einen der Täter markiert hast, ist das absolute Highlight!«

»Das war purer Reflex.« Kim konnte sich ein Grinsen nicht verkneifen. »Kennst du das Buch *Die drei ??? und das Gespens-*

terschloss? Da macht es Justus Jonas, der Erste Detektiv, genauso mit einem Verbrecher.«

»Wahnsinn! Dass so etwas auch in Wirklichkeit funktioniert!« Sylvie war total begeistert.

Kommissar Körmendy bahnte sich einen Weg zu ihnen. »Entschuldigt die Störung. Aber ich wollte dir, Marie, noch dein Handy zurückgeben. Wir haben es bei einem der Bankräuber gefunden.«

Marie nahm das Gerät überglücklich in Empfang. »Vielen Dank!« Sie strich zärtlich über den Touchscreen. Der kleine Kristallanhänger funkelte in allen Regenbogenfarben.

Kommissar Körmendy lächelte. »Die Täter haben übrigens vollumfänglich gestanden. Sie haben sich bei der Vernehmung so in die Haare gekriegt, dass sie uns alle Details preisgegeben haben. Der Coup war genial geplant, das muss ich zugeben. Sie haben sich alte Pläne vom Tunnelbau in Berlin besorgt und nach einer geeigneten Stelle für ihr Vorhaben gesucht. Aber dann haben sie sich selbst ein Bein gestellt.«

Neugierig fragte Franzi nach: »Warum denn das?«

»Sie hatten es plötzlich zu eilig. Es gab überraschend viele Baustellen bei dem Einstiegsschacht, weil marode Wasserrohre ersetzt werden mussten. Die Verbrecher mussten fürchten, dass ihre geheimen Grabungen im Untergrund dabei entdeckt werden könnten. Ihr Anführer, der Mann, der euch auch eingesperrt hat, ist nervös geworden und hat seine Komplizen zur Eile angetrieben. Sie haben praktisch Tag und Nacht mit einem kleinen Elektrobagger gegraben. Dabei wurde das Stromnetz, das sie angezapft hatten, ständig überlastet. Es gab etliche Kurzschlüsse …«

»Deshalb die Stromausfälle im Haus und der stecken geblie-
bene Aufzug!«, rief Franzi dazwischen. »Und wir dachten,
dass es sich um einen Fall von Schikane an den Mietern han-
delt.«

Der Kommissar nickte. »Außerdem kamen sie auf die Idee,
einen weiteren Verbindungstunnel zwischen zwei Schächten
zu graben. Der sollte zur Abkürzung bei der Flucht nach dem
Banküberfall dienen. Da dieser Tunnel sehr nah an dem Keller eines Wohnhauses lag, mussten die Täter ständig fürchten,
dass die Erschütterungen Aufmerksamkeit erregen könnten.«
Die drei !!! warfen sich vielsagende Blicke zu. »Das haben sie
allerdings auch«, stellte Kim fest.

»Der größte Fehler, den die Ganoven gemacht haben, war jedoch, dass sie eines Tages in der Hektik vergessen haben, das
Gitter zum Einstiegsschacht zu sichern. So konnten drei neu-
gierige Mädchen in das Tunnelsystem gelangen.« Der Kommissar macht eine Pause und sah die drei !!! streng an. »Dieser
Teil eurer Ermittlungen war fahrlässig und lebensgefährlich!«
Die drei !!! sahen betreten zu Boden.

»In solch eine Gefahr dürft ihr euch nie wieder bringen. Verstanden?«

Kim, Franzi und Marie nickten.

»Aber ich denke, ihr habt eure Lektion gelernt. Und jetzt
muss ich es doch noch mal sagen: Euer Einsatz war groß-
artig!«

Der Kommissar schmunzelte. »Hier ist für alle Fälle meine
Visitenkarte. Sollte euch bei einem eurer nächsten Berlinauf-
enthalte etwas Seltsames begegnen, zögert bitte nicht, mich
anzurufen, okay?«

Marie nahm die Karte entgegen. »Danke. Das werden wir machen!«

Sie verabschiedeten sich herzlich von Körmendy, der sofort wieder ins Präsidium musste.

Franzi trank einen Schluck von ihrer Cola. Sie lehnte sich neben Kim an eine der Marmorsäulen im Foyer und betrachtete die feiernden Gäste. Irgendwie konnte sie es immer noch nicht richtig fassen, was alles passiert war.

Maries Stimme riss sie aus den Gedanken. »Sieh mal, da kommt Benni!«

Franzi drehte sich so schnell um, dass sie beinahe das Gleichgewicht verlor. »Was? Wo? Kann nicht sein!«

»Na hier.«

Franzi sah einen blonden Jungen auf sich zukommen. Er grinste über beide Ohren und winkte. Es war der Schauspielschüler, dem sie vor zwei Tagen bei Lotte Maurer begegnet war.

Franzi knuffte Marie in die Seite. »Sehr witzig.«

»Hi! Schön, dass man sich hier wiedersieht!«, sagte der Junge und sah Franzi tief in die Augen. »Gute Wahl übrigens.«

»Was, äh, wie bitte?«

Der Junge hob sein Glas und deutete dann auf Franzis. »Na, Cola. Schmeckt immer. Und hält wach! Man weiß nie, was der Abend noch so bringt.«

Er stieß zuerst mit Franzi, dann mit Marie und Kim an.

Mit einem weiteren langen Blick in Franzis Augen sagte er: »Auf die erfolgreichen Detektivinnen! Du bist Franzi, stimmt's?«

Franzi nickte mechanisch. Ihre Beine fühlten sich wie Pud-

141

ding an und sie musste bewusst ruhig atmen, um ihren Puls wieder unter Kontrolle zu bringen.

»Ich heiße Marc. Na, dann hoffen wir mal, dass du trotz aller aufregenden Fälle noch zum Skaten kommst.«

»Und dahinten kommt übrigens Michi!«, rief Marie.

Kim rührte sich nicht von der Stelle und schwenkte gelassen ihr Colaglas. Sie warf Marie nur einen säuerlichen Blick zu. »Jetzt bist du echt gemein!« Sie spießte mit dem Strohhalm die Zitronenscheibe auf. »Veräppeln kann ich mich selbst. Du weißt genau, dass ich Michi jede Sekunde vermisse, in der ich nicht bei ihm bin. Und ich wünsche mir gerade nichts sehnlicher, als dass er nicht in dieser blöden Eisdiele arbeiten muss, sondern …«

»… hier sein kann«, vollendete eine wohlbekannte, angenehm tiefe Stimme den Satz.

Kim riss den Kopf hoch. Sie blickte in die schönsten blaugrünen Augen, die die Welt je gesehen hatte. »Michi! Das gibt's doch nicht!«

»Ich habe es einfach nicht mehr ausgehalten«, rief Michi und breitete die Arme aus. »Luigi und mein Vater hatten Mitleid und haben mir heute und das ganze Wochenende freigegeben. Und dann habe ich zum Glück noch einen Platz bei der Mitfahrzentrale ergattert.«

Plötzlich hörte und sah Kim gar nichts mehr, sondern spürte nur noch Michis warme und weiche Lippen auf ihren.

Marie lächelte wehmütig. Kim konnte sie für die nächsten Stunden vergessen. Und Franzi flirtete bereits wie eine Weltmeisterin mit Marc.

»Wahnsinn, was ihr als Detektivinnen erlebt!«

142

Marie zuckte zusammen. Sie hatte gar nicht bemerkt, dass Adrian sich zu ihr gestellt hatte.

»Ich bin wirklich begeistert von den drei !!!.«

Marie räusperte sich. »Danke«, sagte sie lahm. Mehr fiel ihr im Moment nicht ein.

Adrian warf einen Blick auf das leere Glas in Maries Hand.

»Soll ich dir was zu trinken holen?«

»Gerne.«

»Eine Bio-Limonade? Vielleicht Ingwer-Orange?« Adrian grinste verschmitzt. »Ich mache die Flasche auch für dich auf!«

Marie musste lachen. »Alles klar!«, rief sie ihm hinterher.

Dann holte sie ihr Handy hervor und scrollte zu den SMS. Sie las noch einmal Holgers Nachricht. Ihr wurde ganz warm ums Herz. Sie schloss die Augen und genoss das wohlige Gefühl.

Als sie die Augen wieder öffnete, sah sie, dass Kim und Franzi sie neugierig anstarrten. Marie nickte ihnen zu.

Dann begann sie lächelnd die Antwort zu tippen.

Die drei !!! Vorsicht streng geheim!

KOSMOS

176 Seiten, ca. €/D 12,99
ISBN 978-3-440-16526-3

„Hilfe, liebes Tagebuch, wie soll ich den Valentinstag nur überleben? Überall nur Liebeszombies, sogar Franzi und Marie hat es erwischt." Liebes-Chaos, Schulballstress und natürlich ein neuer Fall – alles vertraut Kim ihrem Tagebuch an. Das ist eigentlich streng geheim, aber du darfst mitlesen, mitfiebern und mitlachen!

Ein kultiger Comic-Roman mit Witz, Herz und Spannung.

diedreiausrufezeichen.de